AF402945

Ulja Krautwald

Einmal noch mit Hans

Ein Fall für Elixier No 1

Eine Liebesgeschichte

ISBN-13: 978-3-943349-11-5

ISBN-10: 987-3-943349

Erste Auflage 2017

Copyright © 2017 Krautwaldverlag Hamburg

www.krautwaldverlag.de

Alle Rechte vorbehalten

Umschlaggestaltung: Jytte Brasch

Herstellung und Druck in Deutschland

Teil I

0

Hans stört schon lange meine Gedanken. Hans soll endlich verschwinden, soll sich verwandeln, in Papier. Soll ausgeschieden, ausgetrieben sein, dorthin gehen, wo der Pfeffer wächst.

Alles sollte heil bleiben. Hans kann nichts dafür. Hans steht auf seinem Ponton, nahe der Strandperle, bei jedem Wetter. Er schaukelt in den Wellen und schaut elbauf.

Ansonsten bewegt er sich nicht.

Es gibt ein Foto aus dieser Zeit. Auf dem Foto sitze ich am Schreibtisch und lache. Durch meine Augen schaut Hans. Er sitzt nicht nur in meinen Eingeweiden, er sitzt auf dem Grund meiner Augen zwischen Seegras und Herzmuscheln. Wenn Sonnenstrahlen zu ihm durchdringen, reflektiert er das Licht mit einem dreieckigen Dorschblinker. Es ist die Sorte Blinker, die im Kielwasser tanzen und bei Stillstand in die Tiefe sinken.

1

Am Tag bevor Hans Hamburg verließ und nach Madagaskar reiste, traf ich ihn auf dem Markt in Ottensen. Es fiel feiner Nieselregen, und er trug seinen Hut. Hans sah mich versonnen an, und ich wusste, woran er dachte.

Ich gehe durch den Garten und denke Hans. Ich zupfe Unkraut und denke Hans. Ich sitze neben meinem Mann im Auto. Schweigend fahren wir durch den Elbtunnel. Ich denke Hans. Eine junge Meise, auf ihrem ersten Ausflug, landet auf meiner Schulter, während ich unter dem Pflaumenbaum Unkraut zupfe. Sie ist so leicht, dass ich sie kaum spüre. Sie piepst und läuft meinen Nacken entlang. Ich weine und halte still. Als der Vogel wegfliegt, sehe ich, wie klein er ist.

Die Bauernrosen sind im Laufe des Tages aufgegangen, und ich denke Hans. Wenn ich ein Bild malen würde, überall stände sein Name. In Rot. Malte ich ein Selbstbildnis, so wäre mein ganzer Körper angefüllt von diesen vier Buchstaben. Mein Mann fragt, ob wir grillen wollen. Ich sage ja und denke Hans. Überallhin möchte ich seinen Namen schreiben. Immer wieder.

Ihn entlassen aus meinem Leib, aber es hätte keinen Sinn.

Schon als ich im Kurs das Streifenkleid trug und seinen Blick auf meinen Beinen spürte, brannte in mir der Wunsch, er möge ihn heben, den Rock, und zwischen meine Beine kriechen.

Hans schickt mir Bilder. Ohne Pause. Keuchend rase ich durch die Wohnung. In allen Räumen laufen Filme. Ich schließe die Augen, aber es hört nicht auf. Ich verlasse die Wohnung, laufe durch die Straßen zur Elbe. Überall sehe ich Hans. Sehe ihn mich fragen, ob ich Wasser möchte, ihn die Flasche öffnen und mir eingießen. Sehe ihn mir den Zeitungsausschnitt über Fische bringen und ein Buch über Wespen aufschlagen. Sehe ihn neben mir stehen und mit den anderen scherzen. Die Scherze gehen, bevor sie die anderen erreichen, durch mich hindurch, sodass mein ganzer Körper voll ist mit Hans. Er steht neben mir. Dicht sein Gesicht. Noch Stunden später spüre ich, wie der Strom zwischen uns fließt und mitten durch den Raum.
Ich kann nichts essen, den ganzen Tag.

Ich gehe durch Altona, und Hans kommt mir auf seinem Rad entgegen. Das Rad hat die Farbe gewechselt, und er trägt eine neue Jacke. Überall läuft Hans herum, nur wenn wir uns nähern, nimmt er die Gestalt eines Unbekannten an.

Einmal erkennt er mich nicht rechtzeitig, er sitzt mit einer Frau und einem kleinen Mädchen im Eiscafe. Als ich Hallo sage und auf ihn zutrete, kann er nur noch schnell die Brille wechseln und sich die Haare lang wachsen lassen.

2

Willkommen zum Fachzeitschriftenredakteurslehrgang, sagt Frau Blume. Frau Blume lacht sehr viel, sie hat große rote Lippen und malt sich ihr Gesicht bunt an. Ich habe einen der begehrten Plätze erhalten. Fachzeitschriftenredakteurslehrgang. Dampfschifffahrtskapitänsmütze. Ich sitze mit neunundzwanzig Menschen in einem Raum, der ungefähr zwanzig Quadratmeter groß ist. Die Stühle stehen im Kreis, und die Tische sind draußen im Flur gestapelt. Ich schaue mich um. Keine interessanten Männer. Frau Blume leitet den Kurs. Sie hat einen gefleckten Hund, der mich an einen Leoparden erinnert. Vielleicht ist der Hund auch eine Katze. Er bellt nie und bewegt sich sehr geschmeidig. Am ersten Tag stehen Kennenlernspiele auf dem Programm.

Stellen Sie sich der Größe nach auf, bitte, sagt Frau Blume.

Und jetzt dem Alter nach, Frau Blume lacht. Schon bevor wir uns alle sortiert haben, kommt die nächste Anweisung:

Alle Fahrradfahrer hierher. Frau Blume ist fröhlich und zeigt ihre roten Lippen. Ich weiß nicht, ob ich zu den Fahrradfahrern gehöre.

Am zweiten Tag lerne ich Hans kennen. Unser Dozent, Herr Helgoland, verteilt Pressemappen zu verschiedenen Themen. Ich entscheide mich für Fische und Fischfang. Wir sollen alles durchlesen und dann zu viert einen Artikel über Frischfisch schreiben. Hans ist in meiner Gruppe.

Wer schreibt, bleibt, sagt Hans und setzt sich an den Computer. Er glaubt, dass er damit einen stärkeren Einfluss darauf hat, was wir schreiben.

Frischer Fisch, sagt Hans, ist gar nicht frisch. Die Filets, die du im Laden kaufen kannst, sind mindestens drei Tage alt oder waren wochenlang eingefroren.

Das glaube ich nicht.

Wollen wir wetten, sagt Hans. Wer verliert, lädt
den anderen zum Essen ein.

Ich sage nichts. Ich weiß nicht recht, ob ich mit Hans
essen gehen möchte.

Frischer Fisch hat klare Augen, sage ich. Hans sitzt
nicht mehr vor dem Bildschirm. Wir sitzen uns gegenüber, und seine Knie stoßen an meine Knie. Der
Rest der Arbeitsgruppe ist gegangen. Da sehe ich
Hans. Es gibt diesen Ausdruck: kein Wässerchen trü-
ben. So guckt Hans. Und mit seinem Blick reist sein
Begehren.

3

Jeden Tag, morgens um neun, trete ich die steinmelierten Stufen. Ich gebe der Glastür Schwung und sehe
Hans. Er lehnt an einem der Marmorstehtische oder
läuft mit seinem Kaffeebecher über den Flur. Wenn
ich mit dem Rad fahre, treffe ich ihn manchmal schon
auf dem Weg. Hans trägt einen Helm, er fährt schnell.
Wenn Hans mit dem Auto kommt, sind seine Haare
nass und die Hosenbeine nicht aufgekrempelt. Einmal
komme ich mit dem Auto. Ich parke nicht vor der Tür.
Hans fährt seinen roten Lastwagen. Mein Haustür-
schlüssel ist im Auto. Was, wenn Hans mich fragt, ob

ich mit ihm zurückfahren möchte? In der Mittagspause gehe ich zum Auto und hole den Schlüssel.

Bist du mit dem Fahrrad hier, fragt Hans, als an diesem Tag der Kurs vorbei ist.

Nein, sage ich.

Dann kann ich dich mit nach Altona nehmen, sagt er. Und ich verstecke meinen Autoschlüssel und folge ihm. Er läuft mir voran, trägt schwer an zwei Plastiktüten voller Gelierzucker. Auf der Ladefläche seines roten Autos Sachen, die aussehen, als gehörten sie zu mir: Gummistiefel in verschiedenen Größen, leere Flaschen, ein Spaten, an dem Erde mit getrockneten Grashalmen klebt, und eine alte Wolldecke, unter der ein Krokodil verborgen ist. Im Innern seines Wagens trennt ein Gittergürtel vorn von hinten.

Hans, frage ich, hast du einen Hund?, und sehe ein schwarzes zotteliges Tier vor mir.

Nein, sagt Hans, aber ich habe Kinder, zwei Söhne. Hans will Erdbeermarmelade machen. Er rechnet mir vor, wie viele Gläser er einkochen muss, damit es bis zum nächsten Frühjahr reicht.

Jede Woche wird ein Glas leer, sagt er. Ich sehe seinen jüngsten Sohn den Inhalt des Marmeladenglases übers Brot kippen, als Hans gerade nicht guckt.

Es ist unglaublich, was so ein Zweijähriger alles weghaut, sagt Hans stolz. Am Altonaer Bahnhof hält er an und lässt mich aussteigen.

Ich warte, bis Hans außer Sicht ist, dann gehe ich in den Bahnhof und kaufe mir eine Fahrkarte zurück zum Büro.

4

Ich will mit Hans zwischen den Erdbeeren sitzen.

Hans, hast du schon Erdbeeren gepflückt, frage ich am nächsten Tag.

Nein, sagt er, ich fahre morgen.

Fährst du mit deiner Familie, frage ich.

Nein, die sind in Italien, ich fahre wohl allein.

Ich habe auch Lust, sage ich.

Dann komm doch mit, sagt er und hält den Blick.

Wenn du mich mitnimmst. Ich schaue in sein Gesicht. Hans ist verwirrt, er läuft los zu seinem Schreibtisch.

Ich gebe dir meine Telefonnummer, sagt er und will Zettel und Bleistift holen.

Deine Nummer ist doch auf der Liste, sage ich. Frau Blume hat uns allen eine Liste gegeben mit Namen und Anschriften und Berufen und Telefonnummern. Auf dieser Liste stehen alle, die Fachzeitschriftenredakteure werden wollen. Hans wohnt auch in Altona. Seine Telefonnummer kenne ich auswendig. Hans erzählt mir in die Verlegenheit hinein, wie er Marmelade gekocht hat im letzten Jahr.

Weißt du, sagt er, letztes Jahr hatte ich eine Babybadewanne voll mit Erdbeeren schon mit Gelierzucker vermischt. Dann ging der Stöpsel raus, und die ganze Soße lief aus. Ich sehe ihn, wie er mit einer türkisfarbenen Babybadewanne fluchend durch die Küche zum Spülbecken läuft, während der rote Saft in einem dicken Strahl auf seine Hose und auf den Fußboden platscht.

Die ganze Küche klebte, sagt er, ich habe ewig gebraucht, um alles wieder in Ordnung zu bringen. Ich hole dich dann ab, morgen früh um fünf. Morgen früh um fünf, er denkt wohl, wir wollen angeln gehen.

Morgen früh um fünf, frage ich.

Hans will mich abholen, nachmittags um fünf. Den ganzen Tag über habe ich Herzklopfen. Den ganzen Tag kann ich nichts tun. Wie ein aufgeschrecktes Tier laufe ich durch die Wohnung. Was ziehe ich an? Die weiße Hose, aber was, wenn wir uns zwischen den Erdbeeren wälzen? Eine kurze Hose? Das gestreifte

Kleid? Den ganzen Tag probiere ich Kleidungsstücke an. Als der Fußboden mit Hosen, Kleidern und Höschen bedeckt ist, klingelt es. Ich ziehe mich schnell an und laufe nach unten. Hans steht zwischen den Mauern des Hauseingangs und drückt immer wieder auf den Klingelknopf. Vielleicht wäre er gerne in meine Wohnung gekommen. Die grüne Aufreißersonnenbrille habe ich nie zuvor an ihm gesehen.

An der Ampel neben uns wartet ein Mann in einem Wagen mit offenem Verdeck. Mit schneeweißen Handschuhen streichelt er immer wieder sein Mahagoni-Lenkrad.

Sieh mal diesen Lackaffen, sagt Hans.

Erdbeerfelder. Suchen zwischen den Blättern, raschelt wie unter den Rock gegriffen. Hans greift unter die Blätter, sucht nach Erdbeeren. Ich hocke mich dicht zu ihm. Er steht auf und sucht sich einen anderen Platz. Es ist windig, die Haare wehen mir ins Gesicht und stören beim Pflücken. Süße Früchte, Hans sammelt fünf Kilo davon. Wir bezahlen die Erdbeeren, Hans hat viel mehr gesammelt als ich.

Ich habe Lust, noch ein bisschen spazieren zu gehen, sage ich.

Können wir machen, sagt Hans.

Wir gehen auf dem Feldweg. Drüben auf der Landstraße fährt ein Feuerwehrwagen nach dem anderen vorbei. Früher war Hans bei der Freiwilligen Feuerwehr.

Wenn da jetzt Wasser drin wäre, würde ich dich hinübertragen, sagt Hans und zeigt auf die ausgetrockneten Pfützen, die den ganzen Weg einnehmen. Aber so lohnt es sich ja nicht.

Mein größter Wunsch ist, getragen zu werden, von einem Mann. Wie es wohl wäre auf seinen Armen? Den Kopf an seinem Hals, ihn einatmen.
Auf der Wiese frisches Heu. Er schmeißt sich hin, liegt da, groß und fremd, und ich lege nicht meinen Kopf auf seine Brust. Er schnarcht leise, und ich wecke ihn nicht mit einem Kuss.

Der Himmel zieht Wolken vor die Sonne. Hans nimmt die Brille ab und zählt die Tropfen auf den Gläsern. Nebeneinander stehen wir unter einem Blätterschirm. Mehr Regen wünsche ich mir, um dort für immer zu stehen, mit Hans. Geräusche von Tropfen. Hans spricht von Gletschern hinter dem Wald. Vor 300.000 Jahren. Hans möchte zurück und schauen. Eiszeit. Kein Feuer. Auf der Rückfahrt schweigen wir.

Glaubst du an frühere Leben, frage ich.

Nein, sagt Hans, aber an Gespenster. Vor meiner Haustür parkt er in der zweiten Reihe, und er gähnt, als er die Tür zur Ladefläche öffnet und mir den Korb reicht, darum frage ich ihn nicht, ob er noch mit hochkommen möchte.

Abends um neun sitze ich mit einem halbvollen Korb Erdbeeren allein in der Küche. Ich sitze allein in meiner Küche, auf dem Tisch steht der Korb, er ist nicht einmal halb voll.

5

Wenn ich mit dem Rad zum Fachzeitschriftenredakteurslehrgang fahre, sehe ich Hans. Sein Gesicht, seinen Helm, seine Haltung auf dem Rad. An jeder Ampel, an der ich halten muss, spüre ich, wie er an mich heranfährt und dann zu mir spricht.

Wenn ich nach Hause komme und mein Anrufbeantworter blinkt, wünsche ich mir, er wäre es, er hätte seine Stimme auf dem Band hinterlassen, er wäre es, der mich einlädt, ihn zu treffen. Möchte selbst zum Hörer greifen und irgendetwas sagen, anknüpfen an eines der belanglosen Gespräche tagsüber und es ihm dann sagen, mitten ins Gesicht. Wenn ich den Briefkastenschlüssel greife, sehe ich seinen Brief an mich.

Wenn ich es in der Wohnung nicht mehr aushalte, gehe ich durch Altona zur Elbe. Hans kommt mir auf seinem Rad entgegen. Das Rad hat die Farbe gewechselt, und er trägt eine neue Jacke. Überall läuft Hans herum, nur wenn wir uns einander nähern, nimmt er die Gestalt eines Unbekannten an.

Ich sitze im Halbschatten und blicke auf die Elbe. Ein Frachter dröhnt elbab, Hans könnte jeden Moment hier auftauchen.

Ich habe dich erwartet, würde ich sagen. Ein Containerschiff fährt vorbei. In den nächsten Tagen sehe ich überall Männer mit kleinen Kindern.

Über den steinmelierten Stufen, hinter der Glastür, lehnt Hans an einem der Marmorstehtische. Vor sich 20 Gläser Erdbeermarmelade.

Alle flüssig geworden, sagt er und sieht mich an. Ich bringe ihm kein Glück. Schon als ich mit halbvollem Korb in der Küche saß, ahnte ich, dass ich etwas falsch gemacht hatte. Plötzlich wechselt Hans das Thema und spricht von den Krokodilen, die im Keller der Bäckerei Cassens in Altona hausen. Ich habe sie nie gesehen, obwohl ich dort wochenlang Geschirr gespült habe. Nur schwarze, nussharte Kakerlaken. Ich fegte sie mit dem Handrücken von den Backblechen. Unzählige krabbelten die Wände hoch und huschten über die Kuchenstücke. In einem Fischrestaurant fand ich einmal eine Kakerlake auf meinem Teller. Die Kakerlake lag wie eine geknackte Nuss unter der panierten Scholle. Ich hatte die obere Hälfte der Scholle schon gegessen. Kakerlaken lassen sich nicht ausrotten. Sie sind unsterblich. Sie werden uns alle überleben.

Ein Sirren geht zwischen uns hin und her, wenn Hans von den Krokodilen spricht. Krokodile sind sehr erotisch und gefräßig. Sie gelten als zärtliche Liebhaber. Franz stellt sich zwischen uns und redet mit. Warum tut er das? Die Pause ist vorbei, und wir zögern. Franz zögert auch. Er will dabei sein. Hans verspricht mir Traubengelee, und wir gehen zusammen mit Franz wieder an die Arbeit.

Später gehe ich durch Ottensen. Vielleicht begegnet mir Hans. Vor einem Schaufenster bleibe ich erschrocken stehen. Vier große Krokodile räkeln sich hinter der Glasscheibe, mit ihrer Brut. Rote Zopfgirlanden rahmen die Szene, und Tabak dient den Tieren als Streu. Ich möchte zur Bäckerei Cassens gehen und ein mit Hack belegtes Brötchen kaufen. Vielleicht kann ich unbemerkt die Kellertreppe hinabsteigen und nach den Krokodilen schauen. Eine Frau mit verbundenen Ohren kommt mir entgegen. Die Bäckerei Cassens gibt es nicht mehr. Vor kurzer Zeit habe ich noch Windbeutel im Schaufenster gesehen und Kakerlaken auf den Backblechen. Jetzt ist dort eine Schlachterei.

Zu Hause laufe ich durch alle Räume hin und zurück wie die Leoparden bei Hagenbeck.

6

Vollmond. Ich habe ein feines Netz übergeworfen, das dicht besetzt ist mit Hans, es glitzert. Mond und Wolken. In der Nacht fahre ich von Norderstedt, geordnete Vorgärten mit ovalen Parkbuchten aus roten und blaugrauen Straßensteinen, nach Altona. Hundescheiße, Kaugummi und Spucke auf dem Pflaster. Meine Tochter sitzt mit mir im Auto. Vollmond. Ich erzähle ihr von den Mondkälbern, die den Mond aus Käse fressen, bis nichts mehr übrig bleibt zum Leuchten. Neumond. Dann schlafen die Kälber satt und zufrieden, und der Mond erholt sich und wächst und leuchtet. Doch das Licht weckt die Kälber, und sie beginnen von Neuem, den Mond zu fressen. Hans und die Krokodile im Keller der Bäckerei. Ob er auch den Mond sieht? Mein Netz funkelt, einer der Funken trifft mich und schmilzt meinen Unterleib. Sterben würde ich für eine Nacht mit ihm. Gefressen von graugrünen Krokodilen, die sich sonst von Kuchenresten ernähren.

Später in der Nacht ist er da. Aber am Morgen liegt niemand neben mir. Er steht längst draußen und schaut auf den See.

Er sitzt in jeder meiner Körperzellen, hat magnetische Teilchen hineingestreut und das feine Netz mit seinen Schweißtropfen behängt.

An einem Montag wache ich auf und denke Hans. Ich fahre mit dem Rad. Ich trete die steinmelierten Stufen, gebe der Glastür Schwung. Wo ist Hans? Er kommt spät. Seine Hosenbeine sind aufgekrempelt. Er tritt herein und wandert durch den Raum. Wespen fliegen zwischen uns hin und her.

Fährst du mit mir zurück nach Altona, frage ich.

Nein, sagt Hans, ich fahre nicht mit dir. Keine Zeit. Die Wespen in meinem Bauch stechen. Sie sitzen selten still, fliegen und kriechen in meinen Eingeweiden. Sie besiedeln meine Wohnung und stechen meinen Mann, heimlich in der Nacht, wenn er schläft. Ihr Gift breitet sich aus, fließt die Dielen entlang und unter allen Türschwellen hindurch. Die Ausdünstun-

gen steigen von den Dielen auf und hinterlassen einen
feinen, beinahe unsichtbaren Film an den Küchenka-
cheln. In dem Film sind die Gesichter von Hans, ist
seine Begierde, sein Blick. Immer, wenn ich in der
Küche stehe, atme ich Hans, denke ich Hans, sehe ich
Hans. Mit kräftigen Reinigungsmitteln wäre dem bei-
zukommen, aber ich putze nicht gern.

Meine Tochter hat Geburtstag. Die Verwandten
sitzen in der Stube. Ich gehe in die Küche, will mehr
Kaffee, mehr Kuchen holen. Hans sitzt an meinem
Küchentisch. Seine Augen saugen meine Eingeweide
aus mir heraus, sodass in meiner Mitte ein großes
brennendes Loch entsteht.

Ich schreibe seinen Namen auf ein Papier, pinkle
darauf und lasse es trocknen, auf bleichen Rippen.
Dann rolle ich seinen Namen auf, winde eines meiner
Haare herum und schließe es mit einem Kreuzknoten.
Über eine brennende Kerze halte ich das Papier. Die
Flamme stoppt, schont das Haar und seinen Namen.
Hans bleibt. Wespen durchlöchern meinen Leib.

Dort über den steinmelierten Stufen, hinter der
Glastür. Kein Hans. Lehnt nicht an einem der Stehti-
sche, sitzt nicht auf seinem Platz. Alle Wespen fliegen
davon. Mein Blut fließt frei, und ich tanze über den

graublauen Bodenbelag. Ich sage, was ich sagen will, ich bewege mich, wie ich mich bewegen will.

Dann kommt Hans. Die Wespen fliegen wieder, und eine sticht direkt in meine Halsschlagader. Ihr Gift wirkt sofort, und ich gehöre nicht mehr mir.

In der Pause stelle ich mich neben Hans. Sein Gesicht wird erdbeerfarben, noch bevor ich zu sprechen beginne.

Was macht deine Reportage?, frage ich. Ohne auf meine Frage einzugehen, erzählt Hans von den Bremsen an seinem Rad. Und noch bevor die Pause zu Ende ist, wendet er sich ab von mir und geht zurück durch die Glastür, dorthin, wo sich die Räume des Nachbarkurses befinden.

Auch Frau Blume hat dort ihr Büro. Wenn wir telefonieren müssen oder ein Fax verschicken, gehen wir in das Büro von Frau Blume. Der Leopardenhund berührt uns kurz mit der Schnauze am Knie, mehr tut er nicht. Wenn uns jemand anruft, kommt Frau Blume in den Kursraum und holt uns ans Telefon. Hans wird oft ans Telefon gerufen. Es ist seine Frau.

7

Gruppenarbeit. Vorarbeit zum Zeitungsprojekt. Themenfindung. Ich bin in der Losergruppe. Wie müsste eine Zeitung aussehen, die sich an die Zielgruppe Loser richtet? Hans schreibt in meinen Schreibblock. Lange Listen und Tabellen in seiner aufrechten schwarzen Schrift. Wie einen Schatz trage ich die Blätter nach Hause.

Unser Dozent, dem wir die verschiedenen Ideen vorlegen, bügelt das ganze Projekt ab.

Mit der Gruppe Loser will sich keiner identifizieren, sagt er, dieser Gruppe fehlt die Kaufkraft. Das hat überhaupt keinen Sinn. Sport, Spiel, Business und Geldausgeben, das sind die Themen, die was bringen.

Wir sollen einen fünfminütigen Film drehen. An der Wand hängen Zettel. Einteilung der Gruppen. Ich warte, bis der Raum leer ist, und schreibe meinen Namen unter seinen. Lasse die Linien unserer Namen sich berühren. Ich möchte mit Hans in einer Gruppe sein. Hans möchte in der Gruppe zum Thema „Wasser" mitarbeiten. Jede Gruppe soll sechs Mitglieder haben. Für die Wassergruppe haben sich neun Teilnehmer eingetragen. In der Gruppe „Holz", in die sich auch unser Professor eingetragen hat, der einzige aus unserem Kurs mit Promotion, sind insgesamt nur drei.

Das geht nicht, sagt Frau Blume. Unser Pastor, ein echter Pastor, der sich für die Wassergruppe eingetragen hatte, meldet sich und geht freiwillig in die Holzgruppe. Es fehlen noch zwei, und kein anderer geht freiwillig.

Dann müssen wir losen, sagt Frau Blume. Jeder muss einen Zettel ziehen. Zwei Zettel haben ein Kreuz. Wer ein Kreuz zieht, muss in die Holzgruppe.

Bitte, lieber Gott, lass mich mit Hans in einer Gruppe sein. Ich wickle meinen Zettel aus, ich habe ein Kreuz. Hans zieht auch ein Kreuz. Ich bin zufrieden. Hans ist sauer. Er will unbedingt in der Wassergruppe mitarbeiten. Er weiß schon ganz genau, wovon der Film handeln soll.

Hans schaut mich an, er sagt kein Wort, obwohl seine Lippen Worte formen. Wenn ich ihn anschaue, guckt er nicht. Wenn er mich anschaut und ich zurückschaue, dreht er nicht nur schnell seine Augen, sein ganzer Körper nimmt ruckartig eine andere Haltung ein. Aber sein Blick sitzt fest in mir, wie der Widerhaken eines Blinkers. Hat meine Leber getroffen. Jeder Gedanke dreht den Haken fester und tiefer. Ich sehe den Glanz um ihn, höre seine Worte. Jeder Witz, den er macht, spannt die Schnur. Er weiß es, denke ich. Er weiß es und fühlt sich geschmeichelt.

Ruf ihn an, sagt meine Freundin Ragaja. Triff dich mit ihm, sag ihm, dass du dich in ihn verliebt hast.

Ich wähle seine Nummer. Einmal klingeln. Zweimal klingeln. Dreimal. Das Blut schlägt mir gegen den Hals. Viermal. Fünfmal, da meldet sich mit belegter Stimme seine Frau. Ich mag ihre Stimme, sie klingt, als könne man ihr alles anvertrauen. Ich lege den Hörer auf.

Ich bin zu früh da, suche mir einen Platz auf einer leeren Bank. Elbblick. Altonaer Balkon. Hans kommt und tauscht mit mir den Platz, dass ich ungeschützt dasitze mit Wind von rechts.

Du bringst mich durcheinander, sage ich. Ich erzähle ihm von den Wespen. Hans zieht an seiner Pfeife, verbirgt sein Gesicht im Rauch. Es wird schnell dunkel. Ab und zu beleuchtet er mich mit seiner Taschenlampe, blitzartig und unerwartet, als wolle er mich bei irgendetwas überraschen. Mir ist kalt.

Ich bin Kavalier, sagt Hans und gibt mir seine Jacke, die sich auch als Zelt verwenden lässt. Es riecht so gut darin, dass ich einziehen möchte.

26

Du machst mich nervös, sage ich.

Ist die Nervosität blau oder grün?, fragt Hans. Und was für eine Form hat sie? In seinem Arbeitszimmer gibt es einen Glaskasten. Darin sind verschiedenfarbige Nervositäten aufgespießt. Vielleicht möchte er meine für seine Sammlung und fragt darum so genau. Ich schweige und schaue auf die Elbe. Zwei Ausflugsdampfer, mit Lichterketten über Top geschmückt, biegen in den Rüschkanal.

Rot, sage ich.

Schau, da fahren zwei Ereignisse, sagt Hans. Ich versuche die Lichter zu zählen.

Du weißt mehr, als du sagst, sagt Hans. Er schaut mich genau an. Auf seinen Knien sehe ich ein Holzbrett liegen und eine scharfe Klinge. Damit will er meine Worte fein zerteilen. Ich krieche weiter in seine Jacke, sie fühlt sich an wie seine Haut. Als seine Unterarme bläulich geworden sind, fragt er mich, was ich mir von ihm wünsche.

Ich weiß es nicht, sage ich, denn ich befürchte, er würde mich nicht küssen.

Lass uns noch etwas trinken gehen, sagt Hans. Wir gehen über den alten Klopstockfriedhof.

Allein würde ich diesen Weg nicht gehen, sagt Hans.

Hast du Angst vor Gespenstern?

Sie kommen nicht, wenn du dabei bist, sagt er und blickt um sich. Doch sie sind da. Hans sieht sie nicht. Habt freudig Hoffnung, lese ich auf der größten Glocke, die vor der Kirche am Boden steht.

Wolltest du mich provozieren, mit mir ein Experiment machen?, fragt Hans etwas später in der Rebe. Krisenexperiment? Das Wort kommt aus dem Griechischen, von Krisis, was Entscheidung heißt. Und Hans erzählt mir von einem Professor, der Gast war in einem teuren Restaurant. Behandelt wurde er wie ein Ober. Alle seine Beteuerungen, er sei ein Gast, wurden ignoriert, sodass er selbst unsicher wurde und den anderen Gästen Zitronenschaum servierte.

Die Kollegen, fragt Hans, werden die auch nervös? Habt ihr darüber gesprochen, wie ich euch alle nervös mache? Ich wechsle das Thema und erzähle ihm, wie ich schon einmal fast gestorben wäre. Auf einem kleinen Segelboot. Das Boot hieß Rabenfeder, und ich segelte ohne Licht in der Nacht. Kieler Förde. Nass war es und kalt, und ich war hungrig und müde. Die Schleusentore öffneten sich, und vier stählerne Schiffe kamen mir entgegen. Schwarze eiserne Wände. Ich hätte sie mit den Händen berühren können. Flüche

und Schimpfworte schlugen gegen das Segel, das ich
mit einer Taschenlampe anleuchtete.

Wenn du möchtest, leihe ich dir meine Jacke, sagt
Hans. Wir stehen draußen vor der Rebe.

Nicht nötig, sage ich.

Um Mitternacht gebe ich ihm seine Jacke und gehe
allein nach Hause. Ich wälze mich im Bett von einer
Seite auf die andere und vermisse den Geruch aus
dem Innern seiner Jacke.

8

Wenn ich meine Freundin Ragaja besuche, gehen wir
zu einem Baggersee. Hinter einem Maisfeld liegt er
verborgen. Ragaja wohnt dort, wo einmal ein Flug-
platz entstehen sollte. Kaltenkirchen. Bauernhäuser
zerfallen auf den Nachbargrundstücken. Kobolde hausen hinter ihren Öfen und ärgern die Kinder. Die Öfen
stinken nach altem Öl und heizen schlecht. Ragaja
sagt, sie könne mit den Toten sprechen und Geister
sehen. Ihre Hündin heißt Anuschka, orangefarbene
Hundeaugen leuchten im Dunkeln. Ragaja spricht
davon, mit mir nach Gozo zu fliegen, später. Ich spreche von Hans, und Ragaja schweigt. Grillen rasseln in
ihrem Garten. Eine krabbelt über meine Hand, ein

graues Tier, uralte Haut, schön und hässlich.

Ihr kennt euch von früher, sagt Ragaja und legt mir die Karten. Dann zeigt sie mir ein Brautpaar aus Zuckerguss und Spitze. Ich stelle es mir auf die Handfläche.

Schau, ihre Gesichter, sagt Ragaja. Dann gehen wir um den Baggersee. Der Hund raschelt im Schilf, und wir laufen auf einem Steg. Die Figuren fallen mir aus der Hand und ins Wasser. Sie lösen sich auf, bevor sie den Grund erreicht haben.

In der Nacht träume ich von Hans. Er schiebt eine Schubkarre voll alter Mauersteine und stapelt die Steine vor sich auf. Rote Kreide. Auf dem Straßenpflaster Felder gemalt, Einbein gehüpft. Hans hat große Hände, voll mit rotem Staub. Ich spanne ein Gummiband zwischen meinen Händen, lege eine der Herzkirschen ein, mein Garten ist voll davon, und ziele auf Hans. Wenn ein Stein fällt, sehe ich kurz die Ohren von Hans. Wenn Hans mich anschaut, kann ich nicht zielen. Fischaugenwasserblau. Ich halte still, und Hans stapelt neue Steine. Meine Hände schmerzen, und die Herzkirschen sind weich geworden. Ich koche sie mit Zimt und Ingwer ein.

9

Es ist Sonntag. Ich fahre in meinen Garten. Der Garten ist auf der anderen Seite der Elbe. Ich gehe durch den Garten und denke Hans. Der Garten ist unordentlich und überwuchert. Der Phlox blüht und die Margeriten, und ich denke Hans. Der Salat ist hochgeschossen, auch der Porree trägt große lilafarbene Pomponblüten, mir zum Hohn. Ich denke Hans. Die Kletterrose hat neue Triebe bekommen, sie hängen quer und versperren den Weg. Die ersten Pflaumen sind tiefblau und säuerlich süß. Hans, denke ich, Hans. Eine Krankheit hat mich befallen. Wildgänse schnattern über den hohen Weiden. Jede Faser von mir hat sich ausgerichtet wie Eisenspäne an einem Magneten, Hans.

Am Montag, auf dem Weg zum Kurs, fallen mich wieder Wespen an, entsteht in meiner Kehle dieses blecherne Gefühl. Wir treffen uns schon vor den melierten Stufen. Kein Lachen mehr, keine Scherze zwischen uns. Hans lacht mit den anderen. Nicht mit mir. Wir lehnen an den Stehtischen und schauen beide voneinander weg. Rücken zu Rücken. Er redet nicht mehr mit mir. Während alle arbeiten, gehe ich zur Garderobe und stecke meinen Kopf in seine Jacke.

Meine Küche steht voll mit Körben dunkelblauer Pflaumen. Eine Wespe fliegt immer wieder gegen die Fensterscheibe. Der Gelierzucker klebt am blau verfärbten Kochlöffel. Die große Auflaufform blubbert im Backofen. Ich hole staubige Marmeladengläser aus dem Keller, spüle sie aus und gieße kochendes Wasser hinein. Wenn die Frau menstruiert, wird das Eingemachte schlecht, sagte meine Oma. Die Pflaumen schimmeln schneller, als ich sie zu Mus verarbeiten kann. Tage verbringe ich damit, Pflaumenmus zu kochen. Ich stehe in der Küche und fülle das Mus in Gläser. Ich fülle die Gläser bis zum Rand, dann drehe ich den Deckel fest und stelle die Gläser auf den Kopf. Später, als ich die Gläser zurückdrehe, sehe ich die Wespe, ich habe sie mit eingekocht.

10

Lass uns ins Kino gehen, sagt mein Mann. Wie gerne ginge ich mit Hans. Vielleicht sitzt er zufällig neben mir. Kleiner Saal im Zeise Kino in Altona. Die Werbung läuft schon. Vorletzte Reihe. Zwei Reihen vor uns sitzt Hans. Hans hat einen Freund dabei. Die beiden lachen schon bei der Werbung. Der Film handelt vom Aufstieg eines amerikanischen Radiomode-

rators. Der Moderator macht einen obszönen Witz
nach dem anderen. Einer Frau, die sich in ihn verliebt
hat, schlägt er Radiosex über den Bässen ihres Laut-
sprechers vor. Die schöne Frau zieht ihr Höschen aus
und setzt sich nackt auf die Bässe der großen Laut-
sprecher. Hans lacht und lacht. Während der Moderator in das Mikrofon pustet, stöhnt die schöne Frau ins
Telefon. Sie hat lange Beine und trägt Schuhe mit
hohen Absätzen. Ihr Stöhnen heizt das Kino. Einige
Lacher entstehen in meiner Kehle, ich möchte meinen
Mund ausspülen danach. Die Bilder sitzen fest wie
Hans und brauchen Tage, bis sie sich aufgelöst haben.

Vor dem Kino steht Hans. Er lacht mich an.

Hallo Britta, welchen Film hast du gesehen? Ich
antworte in sein Erstaunen und weiß nicht, was ich
weiter sagen soll. Ich gehe schnell weiter.

Wer war denn das, fragt mein Mann.

Ein Kollege, sage ich.

Im Radio röchelt Tom Waits, und Hans legt sich
mit jedem Ton dichter um mich. Mein Mann
schweigt, weiß nichts von meiner Krankheit.

Am Mittwoch in der Besprechung sehe ich Hans.
Sehe, wie er sitzt, sehe seine Haare, die Stellen, an
denen sie dünner werden, und sehe das Stück Haut

zwischen Hals und Brust, freigelegt und das Hemd aufgeknöpft. Diese Stelle saugt mich an.

Cora sitzt neben mir.

Lass uns zusammenarbeiten später, wenn wir fertig sind, sagt sie leise zu mir.

11

Unsere Fortbildung ist zur Hälfte vorbei. Bergfest für die Fachzeitschriftenredakteure. In der Nacht vor dem Fest spüre ich seine Lippen auf meinen, ich stehe neben den Fahrrädern, seine Lippen sind kühl. Dann abends das Fest. Erschreckend vertraut, mit Hans in der Küche zu stehen. Ich sehe ihm zu, wie er selbst gemachtes Pesto über gedrehte Nudeln gießt und mit zwei Salatlöffeln vermischt. Ich kann nicht von diesen Nudeln essen. Ina hilft mir, Tzatziki zu bereiten. Sie schneidet die grünen Gurken in Stücke, bevor sie das Fruchtfleisch über einer Reibe zerkleinert. Die Männer stehen an der Glut und legen Würste und platt geschlagene Koteletts auf. Hans, zwischen ihnen, hat ein großes rosafarbenes Paket dabei. Die verheirateten Männer essen nicht vom Tzatziki.

Wenn ich Knoblauch gegessen habe, muss ich auf dem Balkon schlafen, sagt Hans.

Und ich auf der Terrasse, sagt Franz. Hannes, der jüngste der Männer, fragt später, ob er den Rest mit nach Hause nehmen darf.

Hans und Franz sprechen leise miteinander. Hans sitzt neben mir. Kennst du den Witz vom Koch und der Schildkröte? Franz schüttelt den Kopf. Hans schluckt.

Also, die Schildkröte soll geschlachtet werden, sagt Hans. Der Koch schaut die Schildkröte an, die Schildkröte schaut den Koch an.

Als er merkt, dass ich zuhöre, wird er immer leiser. Ich soll es nicht hören. Ich drehe mich weg und höre zu.

Der Koch hebt das Messer, um der Schildkröte den Kopf abzuschlagen, sagt Hans. Die Schildkröte zieht den Kopf ein. Der Koch setzt das Messer ab. Die Schildkröte streckt den Kopf heraus. Der Koch hebt das Messer wieder, die Schildkröte zieht den Kopf wieder ein. Aus den Augenwinkeln sehe ich, wie Hans seine rechte Hand hebt und gleichzeitig mit der Linken nach rechts fährt. Dann setzt er die rechte Hand wieder ab, und die linke Hand wandert nach links. So geht das eine ganze Zeit, sagt Hans. Seine Hände bewegen sich. Irgendwann reicht es dem Koch. Hans formt seine rechte Hand zur Faust. Der Daumen schaut heraus und ist nach links gerichtet.

Und der Koch drückt ihr den Daumen in den Arsch, sagt Hans. Er schiebt den Daumen nach links und macht mit den Lippen ein Geräusch, als würde man einen Korken in eine Flasche drücken.

Die Schildkröte streckt alle viere von sich. Hans spreizt die Arme von sich, streckt die Zunge aus dem Mund und neigt seinen Nacken nach hinten. Dann hebt er den rechten Arm und schlägt mit der Handkante nach unten.

Und zack, sagt Hans. Schnell nehmen Hans und Franz einen großen Schluck Bier.

Ina kommt und zieht Franz mit in die Küche. Die Fische, die Hans und Franz gefangen haben, sollen gekocht werden. Der Fischtopf hat Unterteilungen für verschieden große Fische. Ina und Franz bleiben lange in der Küche. Ich tanze und wünsche, Hans würde mir zuschauen dabei. Hans trinkt Bier. Später am Abend setzt er sich neben mich.

Ich habe von dir geträumt, sagt er. Ich träumte, wir würden uns küssen.

Das erzählst du mir?, frage ich.

Ja, das erzähle ich dir. Altmodische Kleidung trugen wir, und ein Mann versuchte immer wieder, dich wegzuziehen. Schließlich bist du mitgegangen mit dem Mann, sagt Hans. Ich kenne die Szene. Ein weißes Kleid trug ich und ging auf eine Holzkirche zu. Hans stand abseits unter einem blühenden Baum und sah mir zu. Kollegen sprechen auf mich ein. Hans neben mir. Was soll ich sagen? Eine Kastanie drehe ich immer wieder in meiner Hand. Am Nachmittag auf der Straße gefunden. Später, denke ich, später kann ich etwas sagen, ihn vielleicht küssen. Ich spreche mit den anderen. Scherze blitzen auf. Hans sitzt neben mir. Was sage ich zu Hans? Ich trinke Sekt mit dem Kollegen, der immer Sandalen trägt. Wir hatten uns gestritten, versöhnen uns jetzt. Ich berühre seinen Arm. Nicht den von Hans. Wir lachen. Wo ist Hans? Ich beuge mich aus dem Fenster. Sein Rad lehnt nicht mehr am Zaun. Ich warte eine halbe Stunde. Dann wähle ich seine Nummer. Seine Frau meldet sich, und ich lege auf. Ich tanze und tanze.

Ich habe Angst, vierzig zu werden, sage ich zu Cora.

Du kommst doch immer noch gut an, sagt sie. Ich frage Cora, was sie denkt, wenn einer sagt, er hätte geträumt, er würde mich küssen.

Hans hat was übrig für dich, sagt sie. Das habe ich von Anfang an gemerkt. In der Nacht liege ich wach.

Hans überlegt sich gut, was er sagt, der redet nicht so daher, hat Cora gesagt. Ich fühle mich wie der Draht einer Starkstromleitung.

12

Am nächsten Tag habe ich frei. Ich versuche, Hans anzurufen. Ich erreiche ihn nicht. Läuft er durch die Straßen wie ich? Ich gehe zum Altonaer Balkon und setze mich auf eine Bank. Hans, schreibe ich, und Hans und Hans. Und schreibe von der Stelle an seinem Hals, die mich so magisch anzieht. Schreibe davon, dass ich träumte von ihm, dass ich wach lag, dass ich ihn liebe, dass ich ihn küssen will.

Am Abend wähle ich seine Nummer. Hans ist am Telefon und sein Sohn, rasselnde Tanzmäuse, scheppernde Gitterstäbe.

Ich habe einen Brief geschrieben, sage ich.

Dann schick ihn los, sagt er, damit ich ihn lesen kann. Hans zwischen Kinderschreien und Mäuserasseln.

Überall sehe ich Männer mit kleinen Kindern und Tanzmäusen.

Cora hat Fotos vom Bergfest der Fachzeitschriftenredakteure gemacht, darauf auch Hans. Ich leihe mir die
Negative. Im Fotogeschäft bestelle ich Hans. Gelassen
schaut er und so, dass es mein Herz sticht. Ich lege die
Bilder in eine Dose, neben das Bett. Vor dem Ein-
schlafen schaue ich ihm in die Augen, und morgens
sieht er mich an.

Dann kommt sein Brief.

Ich liebe dich nicht, steht da groß und deutlich,
schwarz auf weiß. Seine Antwort duftet nach Rasier-
wasser.

Ich fahre zu Ragaja und zeige ihr den Brief.

Er lügt, sagt Ragaja. Durchsichtig tritt Hans ins
Zimmer und schlägt laut die Tür.

Ein schöner Mann, sagt Ragaja, er könnte mir auch
gefallen. Sie lächelt, und ich küsse sie auf die Wange.

Dann eben nicht, schreibe ich und lasiere das be-
schriebene Blatt mit dem duftenden Schleim aus dem
Innern meiner Möse. Ich stecke den Brief ein und
gehe zum Altonaer Balkon. Blätter fliegen. Ich schaue
auf den Containerhafen und einen orangefarbenen
Bagger. Hans läuft neben mir.

Was machst du hier, frage ich.

Warum fragst du, sagt Hans, ich bin gerne bei dir. Die Sicht auf die Elbe ist klar und überscharf wie ein Foto. Hans hat wie selbstverständlich den Arm um mich gelegt ohne Kontur.

Immer wieder klingelt das Telefon, ohne dass sich jemand meldet. Ich höre ihn keuchen am anderen Ende der Leitung, aber er sagt kein Wort. Als ich zurückkeuche, legt er auf und ruft nicht wieder an.

Hans steht in meinem Zimmer. Durchsichtig. Er will mich umfassen. Ich schicke ihn weg, sage ihm, ich will dich in echt.

Ich liege mit meinem Mann in der Hängematte. Er hat sich in meinen Geliebten verwandelt. Wir schaukeln und zappeln im Netz. Die Beine über- und untergeschlagen. Schaukeln, und mein Kopf hängt über dem Rand. Seinen Atem saugen wie süße Limonade. Kein Boden bremst. Der Gedanke kommt angeschossen, ein giftiger Pfeil. Hans wird es auch tun.

Wespen I

Wespen haben einen Körper, der sich in Kopf, Brust
und Hinterleib unterteilt. Seitlich am Kopf liegen die
Facettenaugen, die aus unzähligen Einzelaugen beste-
hen. Rot können Wespen nicht sehen, dafür Ultravio-
lett. Manche Wespen, zum Beispiel die Dolchwesten,
sitzen am liebsten auf blauen Blumen. Es gibt Keu-
lenwespen, Goldwespen, Rollwespen. Stechwespen
sind ganz klein. Gallwespen, Erzwespen, Blattlauswe-
spen, Schlupfwespen. Holzwespen legen ihre Brut in
abgesägte Äste. Manchmal schlüpft eine Holzwespe
im Wohnzimmer oder in den Räumen, in denen die
Fachzeitschriftenredakteure ausgebildet werden. Die
Riesenholzwespe wird bis zu vier Zentimeter groß, es
heißt, sie würde nicht stechen. Wegwespen fangen
Spinnen, sie beißen die Spinnenbeine ab und tragen
den Spinnenkörper ins Nest für die eigene Brut. Es
gibt Faltenwespen, Lehmwespen, Honigwespen. Im
Allgemeinen denkt man, dass nur die Papierwesten
richtige Wespen sind. Mit den Feldwespen und den
kleinen Stechwespen sind die Papierwespen die einzi-
gen Wespen, die Menschen stechen. Die Gemeine
Wespe gehört zu den Papierwespen und heißt auch
Paravespula vulgaris, sie baut ihre Nester an verbor-
genen Orten. In alten Mäusenestern, in Schränken, die

irgendwo vergessen auf dem Dachboden stehen. Und in den Räumen, in denen Fachzeitschriftenredakteure ausgebildet werden.

Teil II

Während ich einen Tampon wechsle, dunkles, klumpiges Blut auf die Toilettenschüssel tropft und ich von dem ungebrauchten Tampon den dunkelblauen Gürtelstreifen ablöse, denke ich Hans.

<h1 style="text-align:center">1</h1>

Bitte, Britta, lass uns ins Kino gehen, sagt meine Tochter. Leonardo DiCaprio.

Bist du dafür nicht zu klein?

Alle aus meiner Klasse haben den Film schon gesehen, sagt sie. Und am Nachmittag schaue ich mir mit meiner Tochter den Untergang der Titanic an. Als wir wieder zu Hause sind, klingelt das Telefon.

Ich möchte dich treffen, sagt Hans.

Ja, sage ich.

Am liebsten sofort, sagt Hans.

Ich brauche eine halbe Stunde, sage ich.

Wir treffen uns beim Italiener bei mir an der Ecke, sagt Hans.

So wird es immer bleiben. Auf dem Weg hat er seinen Arm um mich gelegt, als wolle er verhindern, dass ich es mir anders überlege. Ich trage meinen blauen Mantel und habe die Arme verschränkt, denn es ist kalt im März.

Hier gibt es Hackfleisch, sagt er und zeigt zum Schlachter, ein Kilo kostet schon seit Jahren nur acht Mark zwanzig. Er bittet mich, kurz zu warten, und kauft ein Paket. Etwas verlegen gibt er zu, danach immer Hackfleisch mit Ei und Zwiebeln essen zu müssen. Was, wenn er schon zwischendurch Appetit darauf kriegt? Und ich beim Küssen Zwiebelstücke und Hackfetzen in den Mund bekomme? Was, wenn gerade dieses Hack Bandwurmeier enthält? Wird es mich am Küssen hindern? Oder werde ich, vor Leidenschaft alles vergessend, ihn küssen, mit Fleischfetzen zwischen seinen und meinen Zähnen? In seinem Treppenhaus wachsen Teichrosen, und um sie und das dunkelgrüne Teichgras nicht zu erschrecken, gehen wir im Dunkeln die Treppen hinauf. Von hier kann man im Winter die Elbe sehen, sagt er und bleibt vor einem Fenster stehen.

Im Winter steht er immer dort, legt das rosafarbene Fleischpäckchen auf die Fensterbank und sieht den Schiffen nach.

Wenn ich an Hans denke, sehe ich ihn vor dem Fenster stehen. Ich stelle mir vor, wie er dort im Winter steht und vielleicht auch im Sommer, wenn er die Stufen mit dem Hack nach oben gestiegen ist, vielleicht will er Frikadellen oder falschen Hasen machen und seine Frau verführen, ich stelle mir vor, wie er das Paket Hack auf die Fensterbank legt und in die Ferne schaut. Und dann, vielleicht mit einem Seufzer, einem Räuspern oder einem Hustenanfall, die letzten Stufen

zu seiner Frau und seinen Kindern hinaufsteigt und
den gelben Wohnzimmerteppich saugt.

Das erste Mal, als ich den gelben Teppich sah, hat
seine Frau mich hereingeführt. Hans kann nicht zur
Fortbildung kommen. Ich will Fotos abholen bei
Hans. Seine Frau öffnet mir die Tür. Sie gibt mir die
Hand, drückt sie so verbindlich, als sei sie meine Ärz-
tin oder als würden wir gemeinsam zu einer gefährli-
chen Kletterpartie aufbrechen. Vielleicht legt sie mir
auch heimlich etwas in die Hand, ihren Mann? Ich
glaube, sie will mir sagen:
　　Ich weiß, du liebst ihn, das kann ich gut verstehen.
Stattdessen sagt sie:
　　Es geht bei uns gerade alles drunter und drüber.
Das soll eine Entschuldigung sein, aber ich weiß nicht
für was. Nichts, was ich sehe, passt dazu. Ein kleiner
Junge in Strumpfhose hält einen Stock quer über den
Flur und ruft: Sperre.
　　Wie recht er hat, denke ich.
　　Sperre?, wiederhole ich und folge der Frau ins
Wohnzimmer.
　　Setz dich, sagt die Frau und geht. Da stehe ich al-
lein. Ich kann mich nicht setzen. Ich gehe auf und ab.
Auf dem gelben Teppich dicht an der Wand steht ein

großer durchsichtiger Kasten. Der Boden ist mit Säge-
spänen bedeckt. Klumpige Watte mit schwarzen Lak-
ritzstückchen gespickt liegt darin, und ein hellgrünes
Laufrad steht still. Es riecht nach Maus. Der kleine
Junge weint in einem der hinteren Zimmer, vielleicht
hat die Frau ihm verboten, mit mir zu sprechen.

Auch Hans führt mich ins Wohnzimmer. Er hat versprochen, meinen Nacken zu küssen.

Ich möchte deinen Nacken küssen, sagt er. Habe
ich das richtig gehört? Wir sitzen uns an einem
schmalen Tisch beim Italiener gegenüber. Hans hat
schon ein Glas leer getrunken, als ich eintreffe. Er
weiß, dass ich mir das wünsche. Der Wunsch ist Wochen alt.

Wir saßen am großen Tisch eng nebeneinander.
Die Fachzeitschriftenredakteure machen einen Ausflug zu einem großen Verlag an den Landungsbrü-
cken. Glasstahlgebäude, zuerst der Vortrag, dann die
Führung über gläserne Brücken und durch den Keller.
Der Vortrag besteht aus Tabellen und Kreisdiagram-
men, ich kann nicht zuhören. Sein Körper so dicht,
mit sommerschweißigem Duft. Unbequeme
Schwingstühle, eiskaltes Metall. Er rutscht herum, als
könne er nicht sitzen auf diesen lederquadratischen

Vortragsstühlen, stößt mich an und entschuldigt sich. Ich möchte näher, meinen Arm dicht neben seinem fühlen, sodass unsere feinen Härchen sich berühren. Plötzlich habe ich die Armlehne für mich allein. Als wir uns nach links drehen, der Overheadprojektor wirft graublaue Tabellen an die Wand, wünsche ich mir, er würde meinen Nacken küssen, leicht seine Zähne schlagen in meine verspannten Schultermuskeln. Seine Lippen meine Ohren ertasten und seine Zunge meine Ohrmuschel auslecken. Meine Haare sind an diesem Tag mit einem Holzfisch hochgesteckt, sodass mein Nacken leicht zu küssen wäre. Ich spüre nur einen Hauch seines Atems an meinen Ohren.

Nun sitzen wir uns an einem schmalen Tisch beim Italiener gegenüber. Er bestellt sich Steinpilze und isst die halbe Portion meiner Spinatnudeln. Wir sprechen über Faxgeräte. Es gibt welche mit Thermopapier, die sind billiger als solche, die jeden Bogen einzeln einziehen. Plötzlich wechselt Hans das Thema.

Du hast mir einen Brief geschrieben, sagt Hans.

Ja, sage ich. Das ist schon lange her.

Ich weiß, sagt Hans, was hast du dir dabei gedacht?

Nichts.

Du musst doch Vorstellungen gehabt haben, sagt
Hans.

Erinnerst du dich noch an den Ausflug, weißt du
noch: der Vortrag? Wir saßen dicht beieinander. Unbequeme Schwingstühle, eiskaltes Metall. Da wollte
ich, dass du meinen Nacken küsst, sage ich.

Ich hätte dich am liebsten in eine Besenkammer
gezerrt und wild mit dir herumgefickt, sagt Hans.

Warum hast du das denn nicht getan, frage ich.

Ich möchte deinen Nacken küssen, sagt er. Er
nimmt meine Hände, quer über den Tisch. Er hat große, raue Hände, und er mag es nicht, dass ich sie anschaue.

Ich würde am liebsten den Nachtisch in deinen
Ausschnitt kippen und ablecken, sagt Hans leise.

Jetzt? frage ich.

Nicht hier im Lokal. Das ist doch peinlich. Sieh
mal, all die großen Ohren, sagt er. Ich blicke mich um
und sehe nur einen Kellner, der gelangweilt Gläser
poliert.

Du musst schon mitkommen, sagt Hans. Ich soll
mitkommen mit ihm. Warum nicht hier? Die schönen
Kellner würden fragen, ob sie auch einmal lecken
dürfen, während sie die zweite Portion bringen. Einer
hielte meine zuckenden Beine, der andere würde mich

ganz übergießen mit Schaum, der alle Männer des
Lokals wie Ameisen lockte, sie hätten kleine langsame Zungen. Stattdessen löffeln wir Zitronenschaum,
der mit seinem Sperma gemischt ist, aus einer Glasschale vom Tisch.

Vor seiner Wohnungstür steht eine liebeskranke
Stehlampe. Im Hausflur der Duft nach hölzerner Süße.
Er schließt von innen ab. Sein kleiner Sohn soll nicht
ins Treppenhaus laufen, nicht auf die Elbe blicken,
nicht die Teichrosen pflücken. Hat er vergessen, dass
wir allein sind, will er sich mit mir einschließen?
Wenn seine Frau überraschend zurückkommt, hat er
noch Zeit, mich schnell irgendwo zu verstecken. Ich
hoffe nur, er wird mir als Versteck nicht den Hohlraum unter dem Ehebett vorschlagen.

Er führt mich in das Wohnzimmer und setzt sich
auf den Teppich. Ich ziehe meine Schuhe aus. Komm,
sagen seine ausgebreiteten Arme. Komm. Ich spüre
nichts von ihm in meinem Nacken. Ich lege meinen
Schal ab.

Das ist gut, sagt Hans, seine Hände greifen meine
Brüste. Ich fühle seine Lippen nicht. Er ist kein guter
Nackenküsser. Ich drehe mich um und betrachte seine
Lippen. Sie sind flach und breit und weich. Hans umarmt mich und rollt mit mir auf den Teppich. Gleich-

zeitig zieht er mich aus. Es soll schnell gehen. Mir ist kalt.

Du bist mir zu schnell, sage ich.

Wieso, sagt Hans, ich ziehe dir doch jedes Stück einzeln aus. Ich massiere seinen Rücken. Davon lässt er sich aufhalten. Friedlich, wie ein Baby liegt er und saugt jede Berührung auf. Seine Füße fühlen sich schwebend an, als hätten sie kein Gewicht, zu klein und zu zart für diesen Mann. Er spricht von einem Palast, den er Palais nennt, seine Stimme ist ganz rau dabei. Ich stelle mir abwechselnd ein Gartenhäuschen und einen vergoldeten Anhänger aus dem Kaugummiautomaten vor.

Ich kaufe dir ein Palais, sagt Hans, und dann wartest du dort jeden Tag auf mich.

Küss mich, sagt Hans. Oder ist das nicht erlaubt? Es gibt eine unausgesprochene Regel, Shiatsu nicht mit Sex, beides beginnt mit S, zu vermischen. Umgekehrt ist es erlaubt. Ich komme nicht dazu. Hans ist schnell, stürzt immer voran, so als würde jeder Winkel, jede Höhle meines Körpers ihm gehören. Sein Gesicht, von Dichtem so fremd. Wer ist er? Am Bogen der Augenbrauen erkennen, wer er ist, den schräg stehenden Zahn sehen und mit der Zunge ertasten, fühlen, welche Geschichte eingeschrieben ist. Die

Wölbung seines Nackens fühlen, seine Lippen auf meiner Haut, am Hals, hinter dem Ohr und in der Ellenbeuge. Warum sind diese Füße so leicht. Wie ist es möglich, zarte und von unten verhärtete Füße, bei so einem Fels? Lass sie mich riechen. Lass sie mich mit den Händen fühlen, mit den Lippen und mit den Zähnen.

Hans ist weit weg. Als ich ihn etwas frage, dauert es lange, bis er mich verstanden hat.

Was hast du gesagt, fragt er. Aber da ist es schon vorbei.

2

Meine blaue Hose hakt an keiner Stelle, als er sie mir von den Beinen zieht. Hans ist noch angezogen. Mir fällt ein Lied ein. Es ist lange her, dass ich es mitgesungen habe. Es handelt von einem Mann, der träumt, er würde Sophia Loren und den Papst verführen, aber immer hat er im entscheidenden Augenblick Probleme mit seiner Hose: Aber ich hatte diese Latzhose an. Hans trägt einen schwarzen Ledergürtel.

Warum lachst du? Er kennt das Lied nicht. Hans hat eine schnell schlagende Zunge. Meine Lust schläft noch, unter den Fußsohlen, in den Kniekehlen und den

Achselhöhlen. Wild sein Mund, schnell, fremd und hart der Zungenschlag, wie ein Elektromotor. Auf allen vieren verfolgt er mich. Seine Knie sind blutig aufgescheuert und hinterlassen rostrote Flecken auf dem gelben Wohnzimmerteppich. Er zieht noch an meinem linken Bein, dann fällt er wie ein Stein auf den Rücken.

Ich gebe auf, sagt er. Ich krieche zu dem großen fremden Mann, streichle seine Brüste, die gewölbt sind wie die eines jungen Mädchens, und küsse seinen Hals. Aber es ist nur eine Pause.

Hast du Angst, hatte er mich vor seiner Haustür gefragt.

Wovor soll ich Angst haben, sagte ich. Wenn er mich festhält, beiße ich ihn, seine Haut ist weich und nachgiebig, wie geschaffen dafür, ich tue es auch, um ihn zu warnen. Aber er hat Angst, ich könnte große Stücke herausbeißen, die seine Frau später vermissen würde. Stattdessen bietet er mir seinen Schwanz an, seine Augen leuchten, und sein Mund lächelt. Der Gesichtsausdruck wie auf einem Foto, das sein Sohn von ihm gemacht hat. Das ganze Bild ist angefüllt mit Hans und seinem Gesicht und diesem Lächeln.

Bitte setz dich dahin, sagt Hans und zeigt auf den braun-orange gestreiften Sessel.

Bitte. Aber ich kann nicht tun, was er will. Ich tue nie etwas nach Anweisungen. Nicht einmal Gebrauchsanweisungen lese ich. Als er stöhnt:

Ja, so, genau so, mehr, höre ich sofort auf.

Denk nicht so viel nach, sagt Hans, setz dich auf den Sessel, bitte.

Sessel sind mit ihren breiten Armen und Schenkeln wie Großmutterahninnen, sie nehmen jeden auf, der sich auf ihren Schoß setzt, speichern alle Gedanken und Geräusche und geben alles wieder frei. Man muss sich nur tief genug in sie hineinpressen. Ich will nicht das Stöhnen seiner Frau, die Geschichten von Onkel Hannibal und das Fiepen der Tanzmäuse hören, das sie von sich geben, wenn er sie mit seinen Händen greift, während sie sich voller Freiheitsdrang die Sesselstreifen hoch krallen. Irgendctwas ist passiert, es braucht keinen Anlass. Er hat aufgegeben, hat genug, seine Knie, inzwischen mit dicken Verbänden umwickelt, hindern ihn, und ich nehme ihn so, wie er ist.

Nackt sehen alle Menschen so anders aus, sagt Hans, und ich sehe ihn eine lange Menschenreihe erst angezogen und dann nackt betrachten. Sein Gesicht dicht an meinem. Gesichtslandschaft, nur Momente. So dicht und wie ein Erkennen. Ich höre Schreie, und es sind meine, aber sie kommen mitten aus der Erde.

Er ist es, der sie aus der Tiefe durch meinen Hals hinaufstößt, sodass sie zusammen mit den Innereien herausquellen. Dunkelraue Töne. Er hält mir eine seiner großen Hände vor den Mund. Sollen nicht heraus diese Töne. Könnten sich Wege suchen durch die Ritzen der Holzdielen unter dem Teppich, die Lampe der Nachbarin hinunterrieseln. Sie den Besenstiel holen lassen, inmitten der Nacht, und ihn gegen die Decke stoßen, die vibrieren würde von dumpfen Stößen. Doch kaum nimmt er seine Hand, die groß und furchtsam ist, von meinen Lippen, kommen neue Töne, denn er hört nicht auf. Der Teppich, auf dem wir liegen, schwebt über den Fernseher und um die Wohnzimmerlampe. Verstreute Spielsachen, ein Kinderhelm und eine rote Plastikfeuerwehr fallen über uns. Das Funkeln der Sterne, das uns trifft, als der Teppich versucht, durchs Fenster zu fliegen, glimmt noch tagelang, egal wo ich bin, egal was ich tue.

3

Eine Woche lang wohnt Hans in meinem Pullover. Immer wieder höre ich seine Worte, fühle jede Einzelheit. Ich brauche nur meine Nase tief in die Wolle eintauchen, dann tritt er heraus und streut mehr Funken über mich.

Ich will ihn sprechen. Er ist sofort am Telefon.

Wie geht es dir, frage ich.

Ich bin noch nicht fertig damit, sagt Hans. Dann legt er auf.

Ich höre den Ruf des Frühlingsvogels. Hecken treiben Blätter, jeden Tag ein Stück, nach außen. Die ersten Zugvögel treffen ein. Jogger laufen über die Brücke am Altonaer Balkon. Jede Männerstimme am Telefon dreht mein Herz.

Hans ruft an und sagt er sei bestürzt. Ich ziehe mein schönstes Spitzenhöschen an. Ich sitze in meiner Wohnung und warte auf Hans. Aber dann wird mir kalt, sodass ich alte weite Kleidung darüberziehe. Ich schaue aus dem Fenster und sehe Hans. Sein Gesicht ist verzerrt, und sein ganzer Körper scheint zu schwer, um bewegt zu werden.

Ich öffne ihm die Tür, und er küsst mich. Aber entweder hat er mich oder seinen Kuss verwechselt. Er gilt nicht mir, sondern einer langjährigen Ehefrau. Es ist die Sorte, von denen es unzählige gibt. Jeden Morgen, jeden Abend, mechanisch aus der Wangentasche gezogen. Ich sage nichts. Ich küsse ihn nicht zurecht.

Er geht an mir vorbei, in meine Küche, so als sei er diesen Weg schon oft gegangen. Ich folge ihm langsam. Ich koche Tee, und Hans isst die Brötchen, die ich für ihn gekauft habe. Ich habe mein Menstruationsblut getrocknet. Dünne schwarzrote Blättchen.

Gib ihm von deinem Blut, und er wird dir verfallen, hat Ragaja gesagt. Die Plättchen liegen auf dem Herd neben den Teetassen. Hans sieht unglücklich aus. Ich schaue zu, wie Hans das Brötchen isst. Ich bestreiche mir eines mit Pflaumenmus, ich kann es nicht essen. Hans spricht von meinem Brief. Ich schäme mich.

Ich möchte mit dir zusammen sein, sage ich, ich möchte mit dir verreisen. Hans sieht, dass der Herd nicht aus ist, und dreht an den Knöpfen.

Britta, das kann ich nicht. Wenn meine Frau das merkt, kann ich mir gleich meinen Abschied nehmen. Weißt du, wir haben gerade eine Krise und wissen nicht, ob wir zusammenbleiben. Da kann ich mir so etwas nicht erlauben. Früher war ich mal locker mit einer Frau zusammen, wir haben uns immer mal getroffen und miteinander geschlafen, mal lagen zwei Wochen dazwischen, dann drei oder auch mal ein paar Monate. Das ging so über zwei Jahre. Offensichtlich war das für beide in Ordnung so, sonst wäre das ja nicht so lange gegangen. Hans sieht mich an.

Aber mit dir wäre das unvorstellbar, sagt er. Mit dir ist es, als würde ich an einem Abgrund stehen. Und dieser Abgrund hat einen gefährlichen Sog.

Komm, lass uns den Abgrund besichtigen, sage ich, denn ich glaube, es ist das Tal, in das Vogel Roch die Steine fallen lässt. Aber Hans wird blass.

Das kann ich nicht. Ich würde hinabstürzen. Dann sagt er:

Es kann sich jederzeit wiederholen mit uns beiden. Und darum willst du mir aus dem Weg gehen, frage ich.

Britta, du bist wie ein Abgrund. Ich stehe am Abgrund. Kennst du nicht den Sog, den Abgründe haben, geht man zu dicht heran, dann zieht es einen hinab. Ich kann deine Wünsche nicht erfüllen. Er zieht eine Münze aus der Hosentasche und gibt sie mir.

Sie bringt viel Glück, sagt er. Ein Segelschiff ist darauf, und man kann sich dafür nichts kaufen. Aber Hans ist mit dem Schiff schon einmal nach Madagaskar gefahren. Dann will Hans gehen, und ich versuche ihn festzuhalten, will ihn noch etwas einatmen. Er riecht so gut, dass ich später weinen kann, wenn ich mich an seinen Duft erinnere. Er löst meine Arme und macht magische Zeichen in die Luft. Dann öffnet er die Tür und geht. Die Blutblättchen liegen ungenutzt neben der Herdplatte.

Hans besucht mich sogar im Kino. Hemmungslos vögelt er mich, quer über den Kinositzen, obwohl mein Mann dabei ist und der Film nicht eine Kussszene enthält. Jeden Tag, wenn ich am Schreibtisch sitze, kommt er und zieht mich aus. Manchmal küsst er mir zuvor den Nacken. Das Schlafzimmer versucht er immer dann zu betreten, wenn ich mit meinem Mann allein sein will. Einmal versäume ich es, die Tür zu schließen. Hans ist die ganze Zeit dabei. Mein Mann bemerkt ihn nicht, aber ich fühle die ganze Zeit seinen Atem in meinen Ohren. Meine Möse ist weich und tief. Vogel Roch hat dort Edelsteine versenkt, als Zähne. Bei jedem Flug lässt er welche fallen. Das blutige Schaf, er trägt es in seinen Krallen, hat er zuvor auf den Berge Ararat gelegt und Blut geleckt an diesem hohen Ort. Das Fleisch des Tieres klebt, und so trägt er Steine mit. Wenn er mich überfliegt und die Abgründe, geht ein Zittern durch seine Federn und seine Krallen, und das Zittern erfasst das Fell und löst einen Stein, und der fällt tief. Was, wenn sein Erschrecken größer wäre und er ließe los das blutige Fell, und es fiele zusammen mit dem Mann, der mutig

sich wickelte in das Fell? Anstelle des Schafes flöge
er mit Vogel Roch und fiele tief zu mir.

Wir wälzten uns unter summenden Bäumen, Vollmond über uns und Mai, Glocken läuteten von ferne,
und es bellte ein Hund. Blutdurchtränkt wären wir und
von Lichtblitzen umgeben, inmitten der Nacht, betrunken vom Speichel und betört vom Schweiß. Oh,
Vogel Roch, bringe ihn mir.

4

Ich schicke Hans einen stöhnenden Brief. Als er ihn
öffnet, krieche ich heraus. Schnell klebt er den Brief
wieder zu. Nimmt Tesafilm, damit keine Seufzer ent-
weichen. Er legt den Brief ganz nach hinten in seine
Schreibtischschublade. Er schließt dic Schublade ab
und hängt den Schlüssel seinem Sohn um den Hals.

Nimm ihn mit in die Sandkiste, sagt er, als der
Kleine seinen roten Eimer und die vom Vortag mitge-
brachten Stöcke greift und zum Spielplatz gehen will.
Hans öffnet die Türverriegelung und gibt seiner Frau
einen Kuss.

Lass ihn eine Burg bauen und den Schlüssel darin
verbuddeln, murmelt er.

Als die beiden gegangen sind, bricht er die Schublade auf, entlässt mich aus dem Brief, zieht mich ins Bett, flüstert mir Obszönitäten ins Ohr und wirbelt mit mir über das Laken.

Ich sitze zu Hause am PC. Mein Herz tropft auf die Tasten und trifft immer wieder das X. Mein linkes Augenlid zuckt, will ihn herbeizwinkern. Doch er hat meine Sehnsucht längst weggepackt, sorgfältig in Plastikfolie gewickelt.

Er ist mit mir durch Altona gegangen, sein Arm um mich gelegt. Alte Villen in Ocker zeigte er mir. Die müssten wir golden anmalen, da waren wir uns einig. Ein Palais hat er mir gekauft. Jeden Tag sitze ich darin und warte auf Hans. Es ist kalt dort, und der Boden ist aus Stein. Asseln huschen über die Steine, und zwischen den Holzritzen weht feuchter, kalter Wind. Wenn ich später in meine Wohnung gehe, ist sie voller Herzfetzen. Sie sind salinoförmig und schimmern in allen Rottönen von Gelb, Ocker und Orange bis zur Farbe der Auberginen. Ich möchte daraus ein neues Palais bauen. Innen leuchtet es in gedämpftem Rot. Kein Wind kommt herein. Die Wände lassen keine Töne nach draußen. Sie vibrieren von der Hitze unserer Körper.

Er müsste sein Sperma geben, als Klebstoff. Doch ich wusch es mir aus dem Haar, versäumte, eine Strähne abzuschneiden und zu den Herzfetzen zu legen. Es brannte wie Feuer an meinem Hals und ließ eine rote salinoförmige Insel entstehen, immer wenn ich an ihn dachte. Und da ich immer an ihn denken musste, trug ich viele Wochen lang ein Brandmal.

Was hast du getan, fragt Ragaja, als sie das Brandmal sieht.

Ich schrieb ihm einen stöhnenden Brief, sage ich. Ich schrieb, dass ich mehr will, dass er meine Eingeweide herausgestoßen hat, sodass in meinem Innern ein großes sehnendes Loch geblieben ist. Ich schrieb das Wort Liebe in Hellblau auf weißes Papier. Knisterndes Pergamentpapier. Als Kinder schnitten wir Löcher in schwarzen Karton und klebten bunte Fetzen hinein.

Und dann, fragt Ragaja.

Er küsste mich im Vorbeigehen, sage ich. Ich fragte ihn nicht, was das sein soll, fragte nicht, ob es ein Kuss oder ein Handtuch ist, was gerade gehängt wird.

Komm, sagt Ragaja, lass uns nach Gozo fahren. Meine Freundin Ragaja möchte nach Gozo reisen. Im Mai.

Komm mit, sagt sie. Der erste Vollmond nach Ostern. Wessak. Die Schleier zwischen den Welten sind dünn, dünner als sonst. Ragaja will Geister treffen auf Gozo.

Komm mit, sagt sie. Die Geister erfüllen geheime Wünsche.

5

Hans sitzt mit im Flugzeug, als ich mit Ragaja nach Gozo fliege, er ist durchsichtig und braucht keinen Platz. Alte Tempel wollen wir besuchen. Mächtige Frauen lebten dort, vor dreitausend Jahren. Mit ihrem großen Busen säugten sie die ganze Welt. Wer einmal an ihrer Brust lag, war ihnen verfallen für immer. Steinruinen haben sie zurückgelassen und geheime Löcher in den steinernen Wänden. Die Priesterin kroch hindurch und sprach dort mit der Göttin. Eine von ihnen ließ ihre Füße und den Unterleib zurück. Sie schläft dort noch immer auf einer Mondsichel. Wer das Wort kennt und sie berührt, dem wird sie zu Fleisch und Blut.

Wir sitzen in der großen Halle des Hotels und meditieren. Weit weg sind die Plejaden. Dorthin sind die mächtigen Frauen gefahren. Dort leben sie noch immer, funkeln manchmal zur Erde und erinnern. We shall overcome. Sie werden zurückkommen. Hans sitzt neben mir, und mein Mann legt seinen Kopf in meinen Schoß.

Lichtstrahl tief in die Erde, sagt Ragaja.

Ich bin die Erde.

Die Lichtsäule in die Erde, wiederholt sie lauter. Die Musik ist leise und voller Versprechungen. Die Luft dicht von Gebeten, und wir vögeln zu dritt. Hans zieht bei uns ein und küsst meinen Mann. Ich sehe seinen Namen unter unseren Namen an der Haustür stehen.

Ragaja verzaubert jeden Abend einen anderen Kellner in der Hotelbar, während ich auf den Klippen lange und laut nach Hans rufe. Aber es kommt eine Eidechse mit zitternder Pfote zu mir. Als ich sie anspreche, huscht sie unter einen Drachenbusch, ihr langer Schwanz zuckt noch hervor. Andere Echsen kriechen zwischen meinen Füßen, und eingetrocknete Schneckengehäuse tragen Spiralwirbel.

Wessak-Vollmond. Vollmond im Mai. Der erste nach Ostern. Männer gehen mit Pendeln und millimetergenauen Wünschelruten durch die Tempelanlagen. Ragaja zeigt mir alte Opferplätze. Quer über den Opfersteinen liege ich mit Hans, während die anderen uns mit ihren Wünschelruten abtasten. Morgens um fünf – Hans würde angeln gehen – wandern wir mit Kerzen in der Hand dreimal um den Tempel. Es ist windig, und die Lichter gehen immer wieder aus. Drei Wächter achten darauf, dass alle im gleichen Abstand gehen, dass alle schweigen, dass keine lacht. Lichtsäule tief in die Erde. Immer wieder. Alle beten, dass sich Unheil abwenden möge, aber ich bete Hans.

Ich schreie laut oben auf den Klippen: Hans. Bis ein Mann kommt mit seinen weißen Lieferwagen und mich küssen will. Ich schicke ihn weg. Ich will Hans. Aber der Mann ist verrückt geworden von meinem Geschrei und kommt immer wieder. Jeden Tag fährt er auf die Klippen und umkreist das Hotel. Eine Möwe segelt über seinen Wagen. Jeden Tag ist er erregter, fährt schneller, und die Möwen werden immer mehr. Der Mann hat das Fenster hinuntergekurbelt. Es riecht nach altem Fisch. Der Mann hat keine Zeit, zu baden oder zur Arbeit zu gehen. Allen, die es sehen wollen, zeigt er die rot glänzende Spitze seines entblößten Geschlechts.

Es ist gefährlich, sich mit schlechten Frauen einzulassen, sagt er. Der Fischgeruch wird von Tag zu Tag unerträglicher, und das Möwengeschrei weckt uns, sobald die Sonne aufgeht. Erst als Ragaja ihn verflucht und beschimpft und mit ihm redet wie eine Mutter, fährt er davon und kommt nicht wieder.

Wenn Wessak-Vollmond ist, sagt Ragaja, sind die Schleier zwischen den Welten dünner als sonst. Wünsche erfüllen sich. Stundenlang sitzen wir und meditieren. Spiralketten und Bergkristallphallus. So lange, bis der ganze Boden mit Tempelschlangen bedeckt ist, bis alle Schlangen herbeikriechen und uns in die Füße beißen. Später gehe ich durch das Dorf, der Glaskasten der hellblauen Madonna ist angefüllt mit sich ringelnden weiß glitzernden Schlangen.

Auf dem Rückflug sehe ich Hans schon hinter dem Absperrgitter des Flughafens stehen. Ich weiß genau, er wird mich abholen. Ich gehe seitlich durch die Absperrung. Die Luft ist getränkt von Umarmungen und Küssen. Mit meiner Reisetasche und klirrenden Plastiktüten suche ich mir ein Taxi. In meiner Wohnung bin ich allein – weder Hans noch mein Mann. Alle Namensschilder an der Haustür sind abgerissen, und in meiner Wohnung riecht es nach verdorbenem Fisch.

6

Der Himmel schickt Regen, Gewitter, Blitze und Donner. Ich sitze mit meinem Mann auf dem roten Sofa und spreche von Hans.

Es ist wie im Film, sagt er und meint das Wetter. Ich erzähle ihm nicht davon, dass der Teppich flog, erzähle nicht vom Hack und nicht von der Kinderfeuerwehr. Doch er rückt ab von meiner Haut, an der vielleicht noch Hansspuren haften. Er findet die Telefonnummer von Hans, während ich auf Gozo mit Dämonen tanze. Er findet die Telefonnummer von Hans und will ihn treffen. Er will wissen, wer der Mann ist, der Glimmerfunken in mir entzündet, will wissen, wie der Mann aussieht, der Hans heißt.

Klar, sagt Hans und redet mit ihm, als sei er ein Geschäftspartner.

Hans hat sich nichts anmerken lassen, sagt mein Mann später zu mir.

Sie liebt dich, sagt mein Mann zu Hans. Hans schweigt und greift nach seiner Pfeife. Alle Streichhölzer wehen aus. Hans rennt, und mein Mann sieht ihn stehen am Baum, Streichholz um Streichholz verlöscht die Flamme. Irgendwann raucht es aus der Pfeife, und Hans kommt auf ihn zu.

Ich liebe sie nicht, sagt er. Ich wollte nie etwas von ihr. Es ist einfach passiert. Du weißt doch, wie das ist. Wir Männer können nichts dafür.

Ja, sagt mein Mann zu Hans.

Nein, sagt er zu mir.

Es kommt nicht wieder vor, sagt Hans. Dann erzählt er von seinem neuen Rad und scherzt mit einem Lastwagenfahrer, der gefrorene Heringe aus Dänemark bringt und das Schiff sucht, das die Elbe hinab und über das Meer fährt. Mein Mann schaut Hans, schaut den Mann, der Glimmerfunken in mir entzündet, der bewirkt, dass ich abwesend schaue und dass ich weine, ohne dass er den Grund versteht.

Es kommt nicht wieder vor, sagt Hans. Es kommt nicht wieder vor, sagt er immer wieder, bis mein Mann ihm nicht mehr glaubt.

Hans liebt dich nicht, sagt mein Mann und küsst meine Tränen aus meinem Gesicht und von meiner Haut. Davon wird er so durstig, dass er mich austrinkt und ich nichts mehr weiß. Mein Mann geht mit mir an die Elbe, die Luft ist samtig. Es zerreißt mir die Herzinnenwände, weil Hans darin sitzt und zu groß ist dafür. Mein Mann hält meinen Rücken und küsst meinen Nacken, wie Hans es nie tat, küsst immer wieder Tränen von mir und schweigt von seinem Schmerz. Er hört immer wieder Hans und versteht nicht, warum Hans, er leckt und trinkt die Tränen von meiner Haut, und manchmal ist Hans weit weg. Doch wenn ich zu Hause aus dem Fenster schaue, sehe ich Hans oben im Turm der Klopstockkirche stehen und zu mir herüberschauen.

7

Hans will Farbe von mir. Etwas in seinem Wohnzimmer hat sich verändert und muss ausgebessert werden. Ich habe ihm einmal erzählt, dass ich in unserem Wohnblock einen Kellerraum voller Farbeimer und Tuben entdeckt habe. Die Hausverwaltung sagt, dass es diesen Raum und die Farben gar nicht gibt. Seitdem nehme ich davon, wenn etwas gestrichen werden muss. Die Anordnung der Eimer ändert sich ständig. Manchmal finde ich auch Pinsel, Farbrollen und Abstreichgitter. Hans hat gesagt, dass auf seinem Bücherregal und auf der Wand direkt daneben die Farbe verdunstet. Hässliche weiße Flecken sind so entstanden. All dies passierte, nachdem ich erst seinen Teppich und dann seine Wohnung verlassen hatte. Ich verspreche, die Stellen auszubessern.

Seine Wohnung kommt mir seltsam unbewohnt vor. Das Wohnzimmer ist verändert. Mitten auf dem gelben Teppich, inzwischen mit beigen Flecken übersäht, steht ein Tisch mit vier Stühlen, die Tischplatte sieht nach Werkarbeiten aus, und an der Wand steht ein großes schwarzes Bücherregal ohne Bücher. Die Eisenträger sind einmal durchgängig schwarz gewesen, aber die tieferen Farbschichten wachsen nun nach außen und formen fleckige Muster. Auch an der Wand gibt es solche Stellen. Ich habe eine kleine Dose Schwarz dabei. Mit dem Zeigefinger trage ich Farbe auf und verstreiche sie zögernd auf einem der Eisenträger. Schwarze Farbe aufzutragen macht eigentlich keinen Spaß. Ich kenne einen Maler, der seine Arbeitspreise von der Auswahl der Farben abhängig macht. Wenn er die Wände in Rot, Grün oder Gelb streichen darf, ist die Arbeitsstunde billiger, als wenn er Weiß oder Grau nehmen muss. Es lohnt sich auf jeden Fall, auch wenn Rot eine teure Farbe ist. Die schwarze Farbe ist schon nach dem ersten Eisenträger aufgebraucht, und ich gehe zur Haustür. Dabei wird mir auch klar, warum die Wohnung so unbewohnt scheint, sie hat keinen Geruch mehr. Es riecht nicht nach Hans. In der Wohnung riecht nichts, nur frische schwarze Farbe. Außen ist ein neues Schloss angebracht, es ist so dick und steht weit über, dass ich es erst für die Schachtel einer Rollhundeleine halte.

Auf dem Rückweg durch Ottensen komme ich an einer Apotheke vorbei. Schnarchen muss nicht sein, verspricht ein Schild im Schaufenster. Ich trete ein und frage den Apotheker, er trägt einen weißen Kittel mit fünf Kugelschreibern in der Brusttasche, was er denn gegen Schnarchen anzubieten hat. Sofort hält der Apotheker einen Laserstift, er sieht aus wie die Mischung aus einer Taschenlampe und einem Schraubenzieher, an die Haut unter meinem rechten Auge.

Was tun Sie?, frage ich und befürchte, er will mir die Tränensäcke ausleeren, er sagt, er wolle nur Markierungsnarben setzen. Sein Glück. Wenn er wagte, die Tränensäcke zu leeren, würde er ertrinken. Als er unter meinem linken Auge markiert, schmerzt es so, dass ich zusammenzucke und ihn vor die Brust stoße. Der Laserstift fliegt quer durch den Laden und schlägt auf den Fliesen auf. Der Apotheker stürzt sofort über den Tresen und rutscht auf den rautenförmigen Bodenfliesen entlang. Rauten wehren dunkle Ströme ab. Bevor er aufgestanden ist, schaue ich mir die medizinischen Hilfen gegen das Schnarchen an. Sie sind unter einer Glasscheibe des Tresens aufgebaut.

Jeden Morgen liegt mein Mann mit dem Kopf am Fußende. Manchmal finde ich ihn morgens auch in der Küche oder im Wohnzimmer schlafend vor. Einmal lag er quer über der Spüle, auf den ausgeschalteten Kochplatten. Und schon fünfmal fand ich ihn ganz oben im Treppenhaus vor dem Eingang zu den Bodenräumen. Meine Nachbarin hat dort Schiefblatt, Farne und Porzellanblumen angepflanzt. Mein Mann schweigt über die Gründe, sich mitten in der Nacht um 180 Grad zu wenden oder das Ehebett zu verlassen. Jeden Abend legt er seinen Kopf neben mich auf das Kissen. Am Morgen liegen dort seine Füße, wenn er nicht ganz verschwunden ist. Er hat die schönsten Füße der Welt. Besonders die Zehen sind rund und wohlgeformt. Und erinnern an Kirschlutscher.

Vor mir ausgebreitet liegen grüne Lutschtabletten, zu denen es eine verzierte Silberdose gibt. In einem Prospekt auf dem Tresen lese ich von einer sehr erfolgreichen Methode, das Schnarchen dauerhaft zu beseitigen. Dafür wird mit einem Laser ein Teil des oberen Gehirnlappens entfernt und gleichzeitig, um den Erfolg zu garantieren, die Schädeldecke abgeflacht. Lediglich das Kauen macht am Anfang etwas Schwierigkeiten, die Patienten müssen sich nur das Rundkauen ab- und das Auf-und- ab- Kauen ange-

wöhnen. Ich nehme den Prospekt und verlasse schnell
die Apotheke.

8

April, ein Tag, als sei es Mai.

Lass uns einen Frühlingsspaziergang machen, sagt
Hans. Er sagt Frühlingsspaziergang. Frühling. Sein
Anruf landet auf dem Band, als ich in einem Holzkä-
fig, auf dem Marktplatz, hänge.

Hans klingelt an meiner Tür, und das Telefon klingelt, es ist die Frau vom Reisebüro. Sie bestätigt mir
den Flug nach Gozo.

Wollen wir rausgehen, fragt Hans, als ich den Hörer aufgelegt habe.

Ja, sage ich.

Im Treppenhaus legt er den Arm um mich. Wir
gehen über die Palmaille zum Altonaer Balkon und
über die Brücke durch den Elbpark. Ein Graben
durchschneidet den Park. Er geht auf der einen, ich
auf der anderen Seite. Mit langen Stangen stochern
wir im Mud. Die Fische sind längst davonge-
schwommen. Das Wasser unten an der Elbe hat sich
zurückgezogen. Schwarze Steine und abgewaschene
Scherben liegen feucht und entblößt.

Spürst du nicht das Sirren, frage ich Hans.

Ich kenne das, sagt er, wenn eine Frau die entsprechende Oberweite hat. Dabei schaut er wie zufällig und etwas schräg von unten. Zwei Frauen sitzen im Bikini auf einer Bank in der Sonne. Ich kenne diesen Blick, er ist unwiderstehlich. Ich fühlte ihn auf meinen Beinen und meinen Brüsten. Auch seine Stimme.

Ich sitze mit Cora in ihrem Büro, als Hans anruft und auf ihr Band spricht. Wir zeichnen gerade rote Linien in große Pläne. Ich höre seine Stimme und den Klang. Genauso sprach er mit mir. Hans spricht auf Coras Tonband. Ich frage Cora nicht, ob ich die Kassette mit nach Hause nehmen darf.

Ich möchte das Flussbett betrachten, mit Hans die Steine umdrehen, aber Hans will das nicht.

Das zerstört jeden Zauber, sagt er.

Ich kenne einen Mann, der heißt Wolf. Wolf ist besessen davon, jeden Stein umzudrehen. Seitdem wir einmal zusammen graue Asseln gefunden und verspeist haben – Asseln sind in Wahrheit Krebse und keine Insekten –, schreibt er mir von jeder Reise lange Briefe, in denen er erzählt, was sich dort unter den Steinen befindet. Er raucht Zigarre und riecht nicht nach Krokodil.

Das letzte Stück zurück durch den Park schweigen wir.

Was sagt dein Herz, frage ich.

Mein Herz ist ein Muskel, der das Blut durch den Körper pumpt, sagt Hans. Nichts anderes.

Wir gehen wieder über die Brücke zum Altonaer Balkon.

Ich habe wieder von dir geträumt, sagt Hans. Wir waren beide in einer fremden Wohnung dabei, uns die Kleider vom Leib zu reißen. Ich lag schon im Bett und hatte meine Hose ausgezogen, sagt Hans, da kamen vier Männer mit Spielkarten, einer davon war dein Mann. Die Männer setzten sich an den Tisch und spielten Doppelkopf, und ich kam nicht mehr aus dem Bett.

Vor meiner Haustür verabschieden wir uns. Ich nehme seinen Traum mit und schlafe schlecht.

Britta geht zu Ragaja. Ich gehe zu Ragaja und zeige ihr die Herzfetzen. Rosa und türkis, aubergine und orange. Müllautofarben.

Mach die Augen zu, sagt Ragaja.

Ich sitze Hans gegenüber, unsere Fingerspitzen berühren sich. Dann forme ich Puppen aus Zeitungspapier, lauter gebrauchte Buchstaben. Der kalte

Schleim, Sperma zum Anrühren, löst die Buchstaben voneinander, die nun bereit sind für neue Sätze. Mit seidenen Tüchern kleide ich die Puppen ein, forme mit Wachs das Feine, Figuren aus Tausend und einer Nacht. Tausend Nächte mit Hans. Die Puppen lieben sich auf einem improvisierten Altar, während Ragaja Kerzen anzündet und Räucherstäbchen Spiralnebel entlassen. Ich murmle Bittgebete und stelle mir vor, die Puppen seien Hans und ich. Ich trockne mein Menstruationsblut zu kleinen schwarzroten Plättchen und streue sie Hans in den Tee. Ich backe Rosinenschnecken und schenke sie ihm. Doch Hans ist unempfindlich gegen Ragajas Zauberei.

9

Über den steinmelierten Stufen. Die Weiterbildung ist abgeschlossen. Fachzeitschriftenredakteurslehrgang. Abschlussfest. Urkunden werden verteilt. Cora und ich machen Pläne. Große Bögen mit vielen Linien und langen Listen. Cora hat schon ein Büro gefunden. Wir werden zusammenarbeiten. Wir sprechen darüber. Wie sieht die Zukunft aus?

Hans wendet mir immer wieder den Rücken zu. Sieht mich nicht an. Schaut weg und spricht nicht mit mir. Aber er setzt sich dahin, wo ich gerade saß. Der Sessel ist noch warm. Hans setzt sich ganz dicht zu mir. Hans ist bei mir.

Auch Hans hat ein neues Büro und einen neuen Kollegen. Ich will ihn dort besuchen. Ich weiß, wenn ich ihn sehe, vergesse ich alles andere. Ich habe mir kleine Zettel beschrieben. Darauf steht, was ich fragen, was ich sagen will. Ich halte die Zettel in der Hand, als ich sein Zimmer betrete. Hans sitzt hinter seinem neuen Computer. Er steht auf und holt mir einen Sessel.

Setz dich dahin, bitte, sagt er.
Aber ich kann mich nicht setzen. Sessel sind mit ihren breiten Lehnen wie Großmutterahninnen.

Hans geht ins Nachbarzimmer und holt einen großen Karton. Den Karton stellt er auf seinen Schreibtisch, genau zwischen uns. Ab und zu schaut er zwischen dem Bildschirm und dem Karton hervor. Er duckt sich, wenn ich mit den zusammengeknüllten Zetteln werfe. Hans sitzt hinter seinem neuen Computer und schreibt. Zwischendurch greift er zum Hörer seines Telefons. Vielleicht denkt er, ich sei gekommen, um ihm zuzuschauen, wie er dort sitzt und schreibt und telefoniert.

Möchtest du Tee, fragt Hans und stellt mir nach einer Weile einen Becher hin. Nur der Boden ist mit schwarzem, kräftigen Tee bedeckt. Hans sitzt hinter seinem Computer. Karton, Bildschirm und der Tisch zwischen uns. Ich schaue auf die Zettel. Hans schaut auf den Bildschirm. Ab und zu ein Streifenblick. Ich kann nicht sprechen mit ihm. Immer wenn ich den Mund öffne oder mich räuspere, klingelt sein Telefon.

Entschuldige, sagt er dann und greift den Hörer. Als ich den Sessel zurückstelle und zur Tür gehe, winkt Hans mir nach, zufrieden, den Telefonhörer immer noch in der Hand. Im selben Zimmer sitzt sein Kollege mit langem schwarzen Haar und blinzelt mir zu. Dann lacht er wieder, wie schon die ganze Zeit, still vor sich hin.

Ich gehe durch seine Straße, es ist später Nachmittag. Ich gehe an dem Italiener vorbei und schaue durch die Fenster. Die Tische tragen weiße Tischdecken, und die Servietten sind wie Pyramiden aufgestellt. Ich gehe am Schlachter vorbei. Das Hack kostet dort seit Jahren schon acht Mark zwanzig. Die Autos stauen sich, der Asphalt auf der Straße ist aufgerissen. Ich gehe an seiner Haustür vorbei. Hans. Wie bei Mensch ärgere Dich nicht, wenn man auf dem Startplatz einer fremden Farbe stehen muss. Ich gehe an seiner Haustür vorbei. Ich hoffe, Hans begegnet mir, ich habe Angst. Hast du Angst, hat Hans mich gefragt.

Einige Meter weiter kommt mir ein Junge entgegen. Das Kind geht sehr schnell und sieht beunruhigt aus, so als hätte es Angst, zu spät zu kommen.

Cora und ich haben zusammen das Büro gemietet. Wir wollen mit Hans zusammenarbeiten.

Warum besprechen wir das heute Abend nicht bei dir, sagt Cora und blickt zu Hans. Hans ist einverstanden.

Und am Abend gehe ich wieder durch seine Straße, ich gehe beim Italiener vorbei und beim Schlachter. Das Hack kostet dort nur acht Mark zwanzig. Blumenkübel stehen vor seiner Haustür. Die Teichrosen haben ihre Blüten geschlossen, und kein Mond steht im Treppenhausfenster.

Hans führt mich ins Wohnzimmer. Die Möbel sind umgestellt, Stühle stehen auf dem gelben Teppich. Cora und Hans trinken Bier und machen Witze, über die ich nicht lachen kann. Als Cora für kurze Zeit das Wohnzimmer verlässt, wird der Raum weit und der Teppich breitet sich aus, bis das ganze Zimmer nur noch aus diesem immer noch gelben Teppich besteht.

Hans schaut mir nicht in die Augen. Er blättert in seinen Aufzeichnungen, bis Cora zurück ist.

10

Kommst du zu meiner Party, fragt Cora. Ich sage Ja und denke Hans. Wird er auch kommen? Als ich bei Cora ankomme, ist Hans noch nicht da. Hans kommt spät.

Hallo Britta, sagt er, du auch hier? Hans steht auf dem Balkon und raucht. Ich gehe nicht zu Hans. Ich stelle mich nicht zu ihm, ich sitze in einem anderen Zimmer. Als Hans sich neben mich setzt, bringt er eine Wolke Süßholzigkeit mit sich.

Wie riecht es denn hier plötzlich, sage ich, und er wird rot. Unsere Beine und Füße berühren sich, doch wir bewegen beide schnell unsere Körper voneinander weg. Die vollbusige Patrizia kommt vom Balkon und schaut Hans an. Hans dreht sich um und schaut hinter ihr her. Ich befürchte, die beiden werden, wenn sich eine günstige Gelegenheit ergibt, in einer Besenkammer verschwinden.

Weißt du, auf einer Fete, wenn die Räume stimmen, beide haben getrunken, da kann es schon mal passieren, hat Hans gesagt. Im nüchternen Zustand ist

so etwas undenkbar. Betrunken ist das kein Betrug.
Aber vorsätzlich und geplant, das geht nicht. Da wür-
de ich ja meine Frau betrügen, und das tue ich nicht.
Die beiden stehen nun auf dem Balkon und rauchen.
Später streicht Patrizia eine Locke nach der anderen
hinters Ohr und sieht Hans an mit schiefem Hals. Ihr
Mann sitzt zusammengesunken neben ihr und schläft.
Hans erzählt von seinem Großvater, von dem er ein
Karussell für Mäuse geerbt hat. Die Sitze mit kleinen
Lederriemen zum Anschnallen der Tiere. Einmal hat
sein Sohn die Tanzmäuse hineingesetzt und das Karussell zu schnell gedreht. Die Tanzmäuse haben dann
den gestreiften Sessel vollgekotzt. Jetzt steht das Karussell wieder im Keller. Wir sprechen von unseren
Großvätern, erst als ich zu Hause im Bett liege, fällt
mir meine Großmutter ein. Sie liegt unter einem Stein
in Schuby begraben. Ihre Augen waren braune Fun-
kelsteine, und alle taten, was sie wollte. Sie hätte Hans
nicht so lange zugehört.

Du kannst jederzeit vorbeikommen und dir das Ka-
russell angucken, sagt Hans. Dabei schaut er mich an,
als würde ich mich für Motoren interessieren. Zu
Hause nehme ich eines meiner Spitzenhöschen in die
Hände, eine feine Drahtspirale bohrt sich unter meine
Haut und erreicht den See. Hans. Mein Kopf liegt auf

dem Rand der aufgezogenen Kommodenschublade.
Feine Spitze streichelt meine Haut.

<h2 style="text-align:center">11</h2>

Ich sortiere die Herzfetzen, nummeriere und beschrifte sie. Dann wähle ich die mit feinbrüchiger, glänzender Oberfläche. Sperma alter Meister. Ich möchte mit Hans sprechen, ihm die Fetzen zeigen.

Ja, sagt Hans, wir treffen uns in der Rebe.
Ich sitze und warte auf Hans. Er kommt spät und trägt seinen grauschwarzen Aktenordner unter dem Arm. Als er sich zurücklehnt, mich aufmerksam betrachtet und seine Pfeife anzündet, erinnert er mich an einen Homöopathen, bei dem ich einmal war. Der Mann hockte sich hinter dunkle Apothekenregale, saugte an seiner Pfeife und stellte mir hundert Fragen, die dunkle Holzwand zwischen uns. Er schluckte, während er mich nach meinen sexuellen Vorlieben fragte. Dann schenkte er mir ein braunes Fläschchen. Draußen hielt ich es gegen das Licht. Ein winziger Tintenfisch schwamm darin. Er sah mich aus seinen Stecknadelaugen an, dann stieß er eine Tintenwolke aus und verschwand.

Was willst du, fragt Hans. Ich nehme meine Tasche aus Haut, hole die Herzfetzen hervor und lege sie geordnet auf den Tisch. Sie sind zerstochen und brennen. Sie tragen Wespenstiche und Bissabdrücke der Krokodile. Schnell stellt Hans seinen Aktenordner darüber und will wissen, wie viele Herzfetzen es sind. Ich zähle die Stiche und bestelle Rotwein. Hans trinkt Bier. Die Bedienung betrachtet uns abschätzig. Eine rothaarige Frau vom Nachbartisch starrt Hans an. Er verschränkt seine Arme, als hätte er Angst, ich könnte sein Herz greifen. Die Frau vom Nebentisch kommt und setzt sich auf seinen Schoß, sie flüstert in sein Ohr. Hans biegt den Kopf zur Seite, holt sein braun kariertes Stofftaschentuch aus der Hosentasche und wischt sein Ohr aus. Da redet die Frau auf mich ein. Sie hat sieben Töchter und keinen Sohn. Hans sinkt am Tisch zusammen und schläft ein. Im Schlaf redet er mit mir und denkt, ich sei seine Frau, und sagt, er kenne meine Worte, und er hört mir nicht zu. Er sagt, es sei immer dasselbe mit den Frauen, und holt einen Spinnenfaden aus der Tasche. Er verklebt meine Gedanken, und ich trinke den Wein, den die Bedienung nun doch gebracht hat, die Spinnenfäden dicken den Wein ein, und plötzlich spricht seine Frau aus meinem Mund, und Hans denkt, ich sei sie, und seine Mundwinkel werden bitter. Hans bezahlt sein Bier mit alten Zeitungsausschnitten, zerknittert und zu lange in der Hosentasche getragen. Die Bitterkeit ist von seinen Mundwinkeln in die Muskeln geflossen, und ich fühle seine Knochen, als ich ihn draußen vor der Tür umarme. Er fühlt sich leicht an, als hätte er nichts als Federn auf der Haut und nichts darunter und könnte brechen mittendrin. Ich trage den bitteren Saft mit nach Hause. Nur langsam rinnt er nach außen, läuft die Nasenflügel entlang und beschwert meine Haut. Gibt Gewicht ab an meine Wangen und lässt meine Lippen dünn werden. Schwere Tropfen hängen an meinen Mundwinkeln, nur langsam fallen sie ab, steigen wieder auf und färben meine Haarsträhnen grau.

Am nächsten Tag besteigt Hans ein weißes Schiff. Es fährt dic Elbe hinunter übers Meer. Auf Höhe einer Sitzecke stecken Schwerter im Rumpf des Schiffes. Dort sitzt er während der Überfahrt mit seiner Frau und seinen Söhnen. Ich gehe derweil am Ufer entlang und schaue ihm nach. Ein orangefarbener Punkt zwischen grau-schwarzen, schlickigen Ufersteinen. Eiszapfen streifen mein Haar.

Jedes Mal, wenn ich durch Altona gehe, spüre ich, wie die Luft dort angefüllt ist mit Hans. Seine Hautschup-

pen und die Luft, die er ausatmet, haben sich gleich-
mäßig verteilt, sodass ich immer nur Hans atmen
kann. Selbst wenn ich ihn für einige Zeit vergessen
habe, gelangt er so wieder in meinen Körper. In ge-
schlossenen Räumen wie in meiner Wohnung besteht
ein gewisser Schutz, aber dennoch können feine Parti-
kel hereinkommen, wenn ich ein Fenster öffne oder
das Haus verlasse. Ich weiß nicht, wie ich Hans ent-
kommen kann.

Ich habe gelesen, dass einige Nachtfalter sich über
die Entfernung von mehreren Kilometern riechen
können. Es ist zum Beispiel erwiesen, dass sich ame-
rikanische Nachtpfauenaugen bis zu einer Entfernung
von 10 Kilometern wahrnehmen können. Aus der
Nähe sehen Nachtfalter sehr flauschig und pelzig aus.
Nachtfalter unterscheidet man in Spinner, Spanner
und Eulen. Die Eulen werden auch Eulenfalter ge-
nannt. Spinner sind wollig behaart und haben einen
plumpen Körper. Eulen haben dünne Fühler, und
Spanner sehen aus wie Tagfalter. Die Männchen einiger Nachtfalterarten, zum Beispiel der Zimtbär, haben
große ausstülpbare Duftorgane, ihr Geruch verbreitet
sich über große Entfernungen und lockt die Weibchen.
Sie fliegen immer wieder ins Feuer. Weil sie auf der
Suche nach dem Partner annehmen, jedes Licht sei der

Mond. Einmal las ich ein Gedicht über einen Nachtfalter, der sich opferte auf einem elektrischen Feuer-
zeug. Er wusste genau, was er tat. Lieber einmal das
Feuer sein als ewige Langeweile.

12

Hans hat mir nie erzählt, was er mit dem gelben Teppich tat, der meine Haare, sein Sperma und die Haut-
fetzen seiner abgeschürften Knie enthielt. Ich weiß
nicht, ob er es fertigbrachte, alles mit dem Staubsau-
ger zu tilgen. Ich glaube, er sammelte die verlorenen
Teile von mir zusammen mit meinen Ausdünstungen
und verwahrt sie. Ab und zu verwendet er sie für geheime Rituale. Ich spüre immer genau, wenn er meine
ausgerissenen Haare mit Kopfhautresten und Gedan-
kenfasern daran um seine kleinen Finger wickelt. Ich
schrecke dann nachts auf und sehe ihn neben meinem
Bett stehen. Manchmal kniet er auch unter meinem
Schreibtisch und hält mich von der Arbeit ab. Der
gelbe Teppich ist zu groß, um ihn durch die Balkontür
zu tragen und über das Geländer zu hängen. Darum
sammelt Hans alle Haare, Fusseln und Hautpartikel
vom Teppich und füttert damit die Krokodile, die im
Keller der Bäckerei Cassens in Altona hausen. Er

kauft Hack, vermischt es mit den abgesammelten Res-
ten und formt Bällchen daraus. Die Krokodile geben
ihm dafür etwas aus ihren Duftdrüsen, das ihn unwiderstehlich macht.

Krokodile gelten als zärtliche Liebhaber. Um die
Weibchen heranzulocken, bringen die männlichen
Tiere das Wasser zum Vibrieren. Bis in die entferntes-
ten Seitenarme der Flüsse dringen ihre Schwingungen
und locken. Krokodile ernähren sich von Fisch, aber
besonders die Alligatoren fressen auch große Säuge-
tiere. Bevor sie ihr Opfer vertilgen, ziehen sie es unter
Wasser und ertränken es. Die Krokodile selbst können
ihre Ohren beim Tauchen verschließen, so hören sie
nicht die Schreie ihrer Opfer. Hans hält mir den Mund
zu. Ich weiß nicht, warum er das tut. Es sind seine
Schreie, es sind meine, es sind unsere Schreie, sie
gehören ihm und mir. Hans will nicht, dass Schreie
zwischen uns sind, aber er hört nicht auf. Hans will
nicht, dass die Nachbarin unter ihm die Töne hört, die
entstehen zwischen unseren schweißigen Körpern.
Hans kann seine Ohren nicht verschließen.

Krokodile leben seit 150 Millionen Jahren auf der
Welt. Sie sind uralt, ihre Haut ist runzelig und gepan-
zert. So können sie nicht von Wespen gestochen werden. Ihre Zähne sind so groß und spitz und stehen so

weit auseinander, dass Fische zwischen ihnen hin und
her schwimmen. Ich warte auf eine E-Mail von Hans.
Er will mir Fotos schicken und einen Text. Ich warte
und wandere durch die Wohnung. Ich schaue in den
Posteingang. Nichts. Ich gehe hin und her. Ich warte.
Warum braucht seine E-Mail so lange. Vor mir auf
dem Boden liegt ein Zebrafisch. Ich weiß nicht, wie
der Fisch dorthin gekommen ist. Der Fisch ist tot und
trocken und klebt am Boden. Hans ist angeln gegangen mit seinem Sohn. Spät am Abend erzählt er mir
davon, Fischgeruch und feuchte Luft sind in seiner
Stimme und die Dämmerung und das Schilf, was
wächst um den See. Ich kann seine Jacke riechen
durchs Telefon. Er schickt mir die E-Mail noch einmal, diesmal kommt sie gleich an.

Zu den Krokodilen gehören Panzerechsen, Alligatoren, Gaviale und echte Krokodile. Zu den echten
Krokodilen gehört auch das Nilkrokodil. Es wird bis
zu 7 Meter lang und lebt auch in Madagaskar. Es ist
olivgrün und dunkelfleckig. Das Schiff ist immer noch
nach Madagaskar unterwegs. Ich weiß nicht, ob es
ankommt.

Die Krokodilhaut am Bauch hat eine Schlangen-
maserung. Krokodile und Schlangen sind miteinander
verwandt, beide gehören zu den Echsen. Einige

Schlangen können sehr lange ohne Nahrung auskommen. Monatelang rühren sie sich nicht, um dann plötzlich zu reagieren und mich zu verschlingen.

Hans hat zwei Schlangen, sie leben in seiner Wohnung. Beide haben ein magisches Zickzackmuster auf dem Rücken. Die mit dem grünlichen Muster hält er in seinem Wohnzimmer. Die Bräunliche lebt in seinem Schafzimmer und darf es nicht verlassen. Die Grünliche trägt er manchmal in seiner Hosentasche aus.

Wespen II

Die Papierwespen vermischen morsches Holz mit ihrem Speichel und mischen so lange, bis daraus Papier entsteht. Daraus bauen sie Nester, die bis zu einem Meter groß werden können. Manchmal leben mehrere Tausend Tiere darin. Im Herbst sterben alle, nur einzelne Wespenköniginnen überleben irgendwo versteckt in alten Blumentöpfen. Manchmal sieht man an den Streifen der Nester das unterschiedliche Ursprungsholz. Die Deutsche Wespe dagegen kann auch leicht verwittertes graues Holz abbeißen, ihre Nester sind betongrau ohne Streifen. Die Deutsche Wespe heißt auch Paravespula germanica. Wenn man einem Wespennest zu nahekommt, werden die Wespen wütend und stechen. Die Nester, die man manchmal in Bäumen oder Büschen hängen sieht, gehören der Sächsischen Wespe oder der Mittleren Wespe, und sie fliegen nicht wie die Gemeine und die Deutsche Wespe auf Pflaumenkuchen, trotzdem werden ihre Nester von Menschen zerstört. Aus Rache dafür, dass andere Wespen ihnen zu nahegekommen sind. Der Bienenwolf ist eine Wespe. Er kann eine Biene packen, betäuben und als Futter für seine Brut ins Nest tragen. Es sieht zärtlich aus, wie er mit der flauschigen Biene eng umklammert durch die Luft fliegt.

Teil III

0

Auf dem Parkplatz eines Supermarktes ein Männernacken über schwarzem T-Shirt, nur den Bruchteil einer Sekunde im Fensterrahmen eines roten Wagenfensters vorbeigefahren, und ich fühle, rieche, schmecke Hans.

1

Nacht ist es, und ich wache auf, senkrecht sitze ich im Bett. Ich denke an die lüsternen Briefe, die ich Hans schrieb. Scham hüllt mich ein. Wenige Stunden später wähle ich seine Nummer.

Hans, sage ich, ich möchte meine Briefe zurück.

Ja, sagt Hans.

Wann kann ich die Briefe abholen, frage ich.

Komm heut Abend, sagt Hans.

Abends gehe ich zu Hans. Ich gehe das Treppenhaus hinauf, Licht brennt, und die Teichrosen sind nicht zu sehen. Hans schaut von oben, ich schaue von unten. Uralt ist der Blick. Kein Lächeln. Tausend Kämpfe. Scharf wie ein Schwert. Wir gehen in die Küche. Hans kocht Tee. Schwarz und stark. Ich trete immer wieder zur Balkontür, schaue hinaus. Sein kleiner Sohn setzt sich mit an den Tisch. Hans trägt in seinem Gesicht ein Lächeln. Er sitzt mit seinem jüngsten Sohn am Küchentisch und hält das Glas, während der Kleine die Apfelsaftflasche mit beiden Händen greift und eingießt. Die ganze Küche füllt dieses Lächeln.

Bitte setz dich, sagt Hans. Hans geht in das Schlafzimmer. Eine alte Holzkiste steht dort. Die ist mit

Hans schon einmal nach Madagaskar gefahren. Ich stehe im Türrahmen. Hans kramt in der Kiste.

In dieser Kiste ist mein Leben, sagt er. Ganz unten findet er einen Brief. Er gibt ihn mir.

Schade, sagt er. Es ist der allererste Brief, den ich Hans schrieb.

Hans, wo sind die anderen Briefe, frage ich.

Ich weiß es nicht, sagt Hans. Ich gehe wieder die Straße entlang, am Schlachter vorbei und am Italiener, die Beine sind mir schwer. In dieser Kiste ist mein Leben, hat Hans gesagt. Nach einer Woche rufe ich ihn an.

Es war nicht richtig, sage ich, ich möchte dir den Brief zurückgeben.

Wir treffen uns im Zacken, sagt Hans.

2

Im Zacken setze ich mich auf einen Barhocker. Ein hübscher braunlockiger Mann fragt mich, was ich möchte. Ich bestelle Tee und warte auf Hans. Neben mir sitzen zwei Frauen, die eine ist sehr groß und hat lange lila lackierte Fingernägel, die andere trägt ein Amulett. Auf dem Barhocker zwischen den beiden liegt ein rotes Samtkissen, auf dem ein winziger Hund schläft. Ein paar Stufen höher blättert ein Mann unruhig in der Speisekarte. Nach einiger Zeit kommt er zu mir, neigt vertrauensvoll seinen Kopf zu mir und fragt:

Bist du Katrin Hirschhaut?

Nein, sage ich.

Da kommt Hans. Er kennt den Mann, der Katrin Hirschhaut sucht, legt den Arm um seinen Nacken. Mich berührt er nicht. Hans will nicht auf einem Barhocker sitzen. Er winkt mich in eine Ecke des Lokals. Er sitzt mir gegenüber und kann auf den Eingang schauen. Ich öffne meine Handtasche. Hans würde gerne sehen, was alles in meiner Tasche ist. Ich gebe ihm den Brief. Er faltet ihn einmal und steckt ihn in seine linke Brusttasche. Hans trinkt Bier. Wir sprechen über das Angeln.

Es gibt Angler, die angeln, um zu angeln, sagt Hans. Die können stundenlang im Schilf stehen und die Pose angucken, es geht ihnen nicht darum, etwas zu fangen. Und dann gibt es welche, die angeln, um Fische zu fangen, sagt er. Jäger eben. Zu denen gehöre ich. Der Mann kommt an unseren Tisch, um sich von Hans zu verabschieden. Katrin Hirschhaut ist nicht gekommen.

Manchmal angle ich nachts, auch im Winter, sagt Hans. Ich sehe ihn in der Dunkelheit stehen, bis zu den Hüften im schwarzen Wasser.

Nimm mich mit zum Angeln, sage ich.

Wenn Frauen dabei sind, fängt man nichts.

Die große Frau will wissen, worüber wir sprechen, und wechselt zweimal den Aschenbecher, dann bringt sie eine neue Tischkerze, obwohl die alte noch brennt. Dabei lässt sie sich von Hans helfen. Hans verbrennt sich nicht die Finger. Mir fällt ein, dass ich vor einigen Nächten träumte, ich hätte mit Hans drei Fische gefangen. Einer war rot und sah aus wie aus einem chinesischen Bilderbuch, der andere bunt und der dritte grau. Alle Fische waren an ihren Mäulern völlig unverletzt, als Hans sie vom Haken nahm. Drei flache Gräben aus Beton führten Wasser abwärts zum Meer. Dort hinein setzen wir die lebenden Fische.

3

Immer wenn ich Zeit habe, gehe ich in ein Meerwasseraquarium. Es ist dort wie in einem Palais. Wenn ich dort bin, sehe ich Hans. In Kerteminde gibt es eines, das hat einen Raum, der so dunkel ist wie im Bauch eines Fisches. Dort kann man Walgesänge hören und erleuchtete Schautafeln sehen. Im Hof lässt meine Tochter zahme Krebse über ihre Hände kriechen. Ich schleiche mich zurück in den dunklen Raum. In der Mitte hängt ein Killerwal und singt. Die Töne dringen mir tief in den Unterleib. Der Raum hat eine geheime Ecke, in der treffe ich mich mit Hans. Der Platz ist besser als jede Besenkammer.

Im Stralsunder Meerwasseraquarium küssen wir uns, während mein Mann sich Seeanemonen anschaut. Ich gehe in alle Aquarien und suche Hans. In Timmendorf heißt das Meerwasseraquarium Aquafun. Aber Hans will nicht dorthin. Er sagt, sie haben dort einen Keller voll toter Fische, nachts hört er ihre lautlosen Schreie bis nach Travemünde, wenn er dort steht im schwarzen Meer und Fische jagt. Mitten in der Nacht. Hans sagt, sie ersticken dort grausam in den Becken, und täglich werden neue gebracht und werden gequält, und Touristen kaufen Plüschwale und Seesterne aus Plastik, und neuerdings sind die Kuscheltiere mit echtem Tang gefüllt.

Im Süßwasseraquarium in Güstrow schwimmt ein echter Taucher mit Taucheranzug, Flasche und Flossen. Vielleicht ist es Hans. Hans schwimmt dort und putzt die Scheiben. Zwei Kinder stehen und winken. Ganz langsam bewegt Hans seine schwarze Handschuhhand, er winkt zurück. Mit einem Schwamm bearbeitet er die Scheibe. Ein Hecht, die Unterlippe weit vorgeschoben, kommt angeschwommen und schaut, was Hans dort tut. Hans sieht ihn nicht. Auch mich schaut er nicht an.

4

Ich will Hans beim Angeln zuschauen. Ich wähle seine Nummer. Ich muss sehen, wie er in der Nacht im Meer fischt, sehen, wie er zusammen mit dem zuckenden Fisch dasteht. Sehen, wie er mit seinen Händen in das Fischmaul greift und den Haken löst, wie er den Fisch tötet, wie er die Eingeweide herausnimmt, will seine Hände beobachten dabei und sein Gesicht. Will den Fisch sehen, der anbeißt bei ihm. Und will noch einmal mit seinem roten Lastwagen fahren.

Die Natur ist unberechenbar, sagt Hans. Seit zwei Monaten fängt man nichts im Meer. Hans hustet und entschuldigt sich dafür. Er hat einen Fisch verschluckt und kaut und schmatzt durchs Telefon.

Dienstags fahre ich immer an den See, sagt er, mit meinem Sohn. Wir fangen Forellen. Ich möchte fragen, womit sein Brötchen belegt ist.

Du musst die Klappe halten, wenn du mitkommst,
sagt er. Hans hat einen großen Korb, dort hinein
kommen die zuckenden Fische. Damit sie nicht her-
ausspringen, muss ich die Klappe fest verschlossen
halten. Ich höre Lachen im Hintergrund.

Essen wir den Fisch, dort am See, frage ich.

Frischer Fisch schmeckt nicht, sagt Hans, er muss
erst einen Tag liegen, bevor man ihn essen kann. Und
Feuer machen ist dort streng verboten. Ich möchte so
gerne am Feuer sitzen mit Hans und Fisch essen mit
ihm. Ein Teil des Fisches in seinem Mund und ein
Teil in meinem. Möchte mit ihm schlucken und kauen
am selben Fisch. Dass der Fisch, der zuvor im Meer
lebte, sich verwandelt in seinem und meinem Leib.
Wieder ganz wird mit uns in einem Leib.

Übernächsten Dienstag, sagt Hans.

Die Natur ist unberechenbar, hat Hans gesagt.

5

Am Morgen, während ich allein in der Küche sitze,
löst sich im Badezimmer ein Haken von der Wand. Es
klingt wie zersprungen. Zusammen mit dem Amulett,
das ich trug, als Hans mich auf seinen gelben Teppich

führte, liegt ein Fischanhänger auf den Kacheln. Die Fischzunge ist gebrochen. Ein kleines Stück hängt am schwarzen Band, wie ein herausgezogener Zahn. Fisch aus Wasserbüffelknochen.

Ich suche die Münze, die Hans mir schenkte, die Glück bringen soll. Vielleicht wünscht er, dass die Münze für mich all das tut, was er nicht kann. Ich finde sie in einer Blechdose zusammen mit Steinen und einem Holzstück, das wie ein Engelflügel aussieht. Das Schiff, das auf der Münze war, ist davongesegelt, hat Hans und mich mit nach Madagaskar genommen. Jetzt ist eine Wespe darauf. Sie sieht gefährlich aus.

In der Nacht betrachte ich wieder die Münze. Die Wespe ist davongeflogen, und ich sehe wieder das Schiff. Ein Dreimaster, die Segel glänzen gebläht und kupfern. Das Schiff segelt raumschots. Ich hatte einmal eine Jolle aus Holz und mit einer Gaffel, auf der saß immer eine Krähe. Später, als der Vogel mich auf meinen Reisen nicht mehr begleiten wollte, knotete ich einen Dannebrog an die Piek. Damals kannte ich Hans noch nicht, nur Jan und Hein und Klaas und Pit, aber die taten alles, was ich wollte.

Auf dem See segelt eine ferngesteuerte Jolle, hart am Wind. Immer wieder kentert sie und richtet sich

auf. Am Ufer steht ein Mann und hält die Fernbedie-
nung in der Hand. Neben ihm im Gras liegen noch
andere Modelle, die Titanic ist auch dabei.

Ich werde Hans nicht beim Angeln zuschauen, ich
werde nicht sehen, wie er dasteht mit zuckendem
Fisch, nicht sehen, wie er die Eingeweide herausreißt
aus glänzendem Leib, werde nicht seine blutigen Finger sehen, nicht abgeschilferte Schuppen von seiner
Haut sammeln. Werde nicht die Hände halten über
dem Korb zappelnder Fische. Es gibt eine Frau, die
möchte das nicht. Sie möchte nicht, dass ich Hans
anschaue, wenn er dasteht mit zuckendem Fisch, sie
möchte nicht, dass ich seine blutigen Hände sehe mit
Eingeweiden vom Fisch. Die Frau möchte das nicht.
Und Hans tut, was sie sagt.
  Meine Frau möchte das nicht, sagt Hans.

Ich besuche alle Seen, an denen Angler stehen, und
suche Hans. Ich fahre jeden Abend nach Travemünde,
auf der Mole sehe ich den Anglern zu. Ich sehe Männer dastehen mit zuckendem Fisch, sehe ihre blutigen
Hände Eingeweide herausreißen aus glänzendem Leib
und rieche den Fisch und die Männer und ihre Pfeifen
und ihr Bier und denke Hans.

6

Es hört nicht auf. Ich möchte mit Hans angeln gehen. Mit beiden Beinen steht er im Meer. Ich komme zu ihm als Fisch. Ich bin der Fisch. Ich will den Mann, der als Jäger steht im Meer und Fische jagt, will, dass er mich jagt und greift. Seine Beine stehen ruhig. Ich kenne seine Füße, zarte und doch schwielige Sohlen bei so einem Fels. Schmerz am Maul, der Haken zieht. Jede Bewegung verstärkt den Schmerz. Er lässt mich zappeln. Im Nichts. Hans holt die Sehne dicht. Lust in der Luft, die Schwanzflosse nach oben, Maul reißt, Fleisch reißt. Seine Hände, groß und furchtsam, greifen mich. Ich zucke in seinen Händen, die rau sind und zärtlich. Schuppen und Schleim lösen sich. Ich möchte sterben in seinen Händen, wünschte, er nähme mich unter sein Hemd, dass ich läge zuletzt an seinem Hals und spürte den Pulsschlag seines Blutes in mir, wünschte, er schaute mit seinen Augen, sein Blick ruhig und lächelnd, in meine kalten, goldenen Augen. Hans würde mich essen, gierig mein Fleisch in seinem Mund, zwischen Zunge und Gaumen gedrückt, mit Spucke vermischen.

Ich würde in deinen Eingeweiden zu dir werden, Hans. Du hättest mich nur einmal gefangen und gleich für immer verspeist. So aber hänge ich noch, immer

noch und für immer und immer wieder für immer
unverdaut an deiner Sehne.

7

Ich schlage eine Anglerzeitung auf und sehe Hans.
Sein Gesicht lächelt, ein bisschen so wie auf dem
Foto, das sein Sohn von ihm gemacht hat. Der Mund
erscheint schief, weil die linke Seite im Schatten liegt.
Seine Augen schauen in meine Augen. Sein Augenweiß ist unter der Iris zu sehen. Ein Zenmeister sagte
einmal, wenn man das untere Augenweiß eines Menschen sehen kann, ist dies ein Zeichen, dass es gefährlich wird. Ich gehe in alle Zeitungsgeschäfte und kaufe mir immer wieder diese eine Zeitung mit Hans.
Immer nur eine, eine mit Hans. Zum Altpapier bringe
ich einen Stapel ausgeweideter Blätter. Allen fehlt
sein Gesicht. Es ist bei mir. Nur sein Bild. Ihm gegenüber das lächelnde Gesicht einer blonden Frau. Vielleicht ist sie seine heimliche Geliebte. Wenn die Sei-
ten zugeklappt sind, berühren sich ihre Gesichter.
Stundenlang schaue ich sein Bild. So lange, bis ich
Hans darauf nicht mehr erkennen kann. Nur noch
dunkle und helle Flecken, die ein fremdes Muster

bilden. Unter der Lupe nur noch Rasterpunkte, hell und dunkel, hell und dunkel.

Noch immer schaue ich jedem roten Lastwagen nach, noch immer ist Hans plötzlich so dicht an meiner Haut. Egal, wo ich bin, egal, was ich tue. Wenn die Rennradfahrer schnell und aneinandergekoppelt wie ein Fischschwarm auf der Straße vor meinem Haus vorbeigleiten, sehe ich Hans. Hans steigt von der Zuschauertribüne, wenn er mich kommen sieht quer über den Altonaer Balkon, will nicht, dass ich ihn entdecke. Für die Boule-Meisterschaft sind alle Wegstücke mit Bindfäden zerteilt in Spielfelder. Eisenkugeln fliegen über den Boden. Wo ist Hans?

Hans ist am Telefon.

Kannst du mir helfen, fragt er. Ich suche eine Frau, deren Namen ich nicht kenne. Seine Verwirrung fällt als Sand durch das gelockte Telefonkabel. Die Frau reitet wilde Pferde und trägt kein Gesicht.

Hans sucht Ragaja. Sie wohnt weit draußen, in der Nähe des Sees. Eine Hecke umwuchert ihren Garten. Ragaja steht vor dem Maisfeld. Pumaaugen, Schmuck tragen ihre Töchter. In ihrem Garten wohnen große graugrüne Grillen und rasseln die ganze Nacht.

Sonntags, sage ich, steht sie am See. Sonntags, wenn es dunkel wird, wandert sie um das Ufer. Reiher fliegen auf, wenn sie mit ihrer Hündin durch das Schilf schleicht und über verrostete Zäune klettert. Die Augen des Tieres leuchten im Dunkeln.

Ich halte den Telefonhörer in der Hand.

Hans? Es war seine Verwirrung, die meine Nummer wählte, war seine Verwirrung, die meinen Namen in all seine Notizbücher schrieb, seine Verwirrung, die ihn auf dem Display seines Telefons erscheinen lässt, seine Verwirrung, die mich in seine Träume saugt. Die Frau, die nicht möchte, dass Hans mit mir angeln geht, fegt sie täglich zusammen. Sie fegt beharrlich, bis Hans mich vergisst. Den Sand streut sie in die Elbe, sodass der Eimerbagger, der vor der Strandperle verankert liegt, wochenlang zu schaufeln hat und rostige Geräusche die Gäste belästigen. Die Rinne versandet dennoch, immer wieder.

Wenn der Bagger tief genug und an der richtigen Stelle gräbt, trifft er auf große Brocken aus Granit. Findlinge aus der Eiszeit. Gletscher hinter dem Wald. Die Eisenkette bleibt hängen. Es gibt drei Möglichkeiten, diese Untiefen auszugleichen:

Sprengen, tiefer senken oder heben. Das sagt der Mann, der im Namen von Strom- und Hafenbauamt

Erklärungen abgibt. Für ihn und seine Kollegen ist der große Stein ein Hindernis. Die Fahrrinne der Elbe soll vertieft werden. Containerschiffe brauchen einen großen Drehkreis vor dem Parkhafen gegenüber der Strandperle.

Ich gehe an die Elbe, möchte dem orangefarbenen Bagger zuschauen, sehen, wie Jan und Hein und Klaas und Pit den Brocken aus der Elbe heben, möchte den Knall hören, wenn er gesprengt wird, und den muddigen Elbschlamm riechen. Dort am Ufer steht Hans. Dort in der Elbe steht Hans. Er schaut immer noch elbauf, ohne sich zu rühren.

Der Eimerbagger heißt Titan. Titan hat zur Fahrwasserseite zwei Rhomben übereinandergesetzt, Rhomben wehren dunkle Ströme ab. Rostiges Eisen und Rumpeln, Wasser schwappt aus den schlammgefüllten Wannen, die im gleichen Abstand das Band nach oben fahren. Bis die Eisenkette hängen bleibt. Granitbrocken. Hans schaukelt allein in den Wellen. Die Schute ist voller Schlamm und Sand und Schlick, sie liegt tief im Wasser, als sie längsseits von einer Barkasse abgeschleppt wird. Die nächste Schute, noch hochbordig, ist schon in Warteposition. Jogger laufen an mir vorbei, ich atme ihren Schweiß. Lächelnde Mütter mit Windmühlen am Kinderwagengriff schieben durch den Sand. Nachts ist der Bagger wie ein Weihnachtsbaum geschmückt, anstelle der zwei Rhomben leuchten grüne Rundumlichter.

Taucher umschwirren als Erste den Stein. Jan und Hein und Klaas und Pit fahren mit ihrem orangefarbenen Tauchschiff, fahren über die richtige Position. 9° 54 Minuten 13 Sekunden Ost und 53° 32 Minuten 40 Sekunden Nord.

Einer von ihnen, der Taucher, ein ernsthafter Mann in schwarz- orangefarbener Montur, berührt als Erster die Steinhaut. Nur wenige Zentimeter weit kann er im Elbwasser sehen. Er tastet im Dunkeln die fremde Haut und bringt einen kleinen Brocken, der neben dem großen lag, mit nach oben. Ein Professor mit einem X im Namen schaut den Stein, vergleicht ihn mit seiner Sammlung und weiß, wo der Findling herkommt. Alter Schwede. Vor dreihundert- bis vierhunderttausend Jahren ritt er auf einem Gletscher aus Südschweden nach Hamburg. Eiszeit. Gletscher. Kein Wald.

Findlinge sind unser Naturerbe, sagt der Professor, den Stein zu sprengen, wäre ein Drama. Er muss erhalten werden. Der Findling wird nicht gesprengt. Ein Granit aus Südschweden soll den Elbstrand bei Övelgönne verschönern.

Der Stein soll gehoben werden. Ich will dabei sein. Vielleicht treffe ich Hans. Ich gehe am Strand entlang, zwischen Plastikflaschen und Holzstücken liegt sein schwarzer Ledergürtel, gebrochen an einem Loch. Kalt ist es, und meine Füße drücken tiefe Kuhlen in den Sand. Der riesige Kran auf einer breiten Plattform kommt extra aus Rostock. Taucher tasten in der Tiefe und legen das Traggeschirr in einem Kreis um den steinernen Leib. Sie glauben, der Fels wiege 140 Tonnen. Barkassen voller Journalisten versperren immer wieder die Sicht. An langen Stahltrossen wird der Stein angehoben. Millimeterweise und quälend langsam durchbricht er endlich die Wasseroberfläche. Für kurze Zeit schaut der Brocken aus dem Wasser. Geboren, ins Licht. Blitzgewitter. Stahl hält ihn, nur kurze Zeit. Schön ist er. Dann kippt der Stein zur Seite, rutscht aus der Schlinge und taucht ab. Die Menge am Strand lacht und johlt und pfeift vor Schadenfreude und Begeisterung.

Drei Tage später der nächste Versuch. Es ist Samstag, und die Menschenmenge am Strand ist größer als beim ersten Mal. Auch diesmal kein Hans. Ich suche überall Hans. Diesmal wissen Jan und Hein und Klaas und Pit: der Stein ist schwerer als erwartet.

Ich stehe am Strand. Es ist kalt und feucht. Ende Oktober. Die Taucher können die Stahltrossen nicht wie geplant unter den Stein legen. Der Findling hat sich eingegraben in den Sand. Ebbe und Flut haben ihn mit Schlick umgeben. Erst muss er unterspült werden. Mit einem Schlauch und Wasserdruck wird Platz gemacht für die Stahlschlingen, wie ein Einkaufsnetz sollen sie den Stein halten.

Am Nachmittag zieht der Kran die Trossen und hebt den Granit aus der Elbe. Kein Einkaufsnetz, vier Stahltrossen halten den Stein, bis er auf einem Ponton neben dem Kran abgelegt ist. Elbab fährt der Schwimmkran und nach Westen bis zu der Stelle, wo der Strand breiter wird. Weiß-rotes Band am Strand. Sperre. Der Kran hievt den Granit an den Strand. Die Menge applaudiert. Als die Stahltrossen gelöst und hochgezogen sind, gibt es einen Moment der Stille. Dann laufen die Ersten, und es folgen weitere, und tausend Hände befühlen den Stein. Zart ist er und feucht. Ein lebendes Wesen. Ein grauer Växjo, sagen Fachleute wie der Professor mit dem X. Växjo, Växjo. Ein Ort in Schweden heißt Växjo. Von dort kommt der Stein. Er wiegt 217 Tonnen. Das ist so viel wie 46 Elefanten. Wie viele Krokodile ergeben 217 Tonnen? Wie kann man Wespen wiegen?

Ich taste den Stein. Er ist verwunschen. Der Stein
will zurück ins Wasser und zurück nach Schweden. Es
gibt kein Zurück.

Ich fühle die steinerne Haut, zart, nass und feucht.
Innen brennt Feuer.

Und dann ist es November, und ich möchte den Findling sehen. Vielleicht treffe ich Hans.

Rote Damensandalen stehen auf dem steinernen
Weg dicht an der Elbe. Das Hochwasser leckt ab und
zu über den Weg und an den hohen Hacken.

Die Frau hat die Schuhe ausgezogen, bevor sie in
die Elbe ging. Sie hat den ganzen Sommer über ge-
wartet.

Mein Mann hat das Schlafzimmer verlassen. Er
schläft in der Abstellkammer. Das Fenster geht auf
eine kleine Terrasse. Im Sommer stehen dort Blumen-
töpfe.

Schattenblumen wachsen dort. Wespen verstecken
sich in den Blumentöpfen. In der Abstellkammer
riecht es nach Äpfeln. So hat mein Mann schöne
Träume. Aber die Königin der Wespen ist übrig geblieben, sie möchte auch schöne Träume, und es ist
ihr zu kalt auf der Terrasse. Sie fliegt durch das Fenster mit klammen Flügeln, ist ganz betäubt von dem

Apfelduft und dem Duft nach Mann und möchte ihn
küssen, den Einsamen. Doch er greift nach ihr, und sie
muss in seine Wange stechen. Die Wespe taumelt um
die Lampe, und mein Mann taumelt über den Flur.
Hat er nur geträumt? Ich sehe Wespen, immer nur
Wespen. Sie fliegen zwischen Hans und mir hin und
her. Sie stechen meinen Mann, nachts wenn er schläft.
Ich verfolge die Wespe mit einem leeren Pflaumen-
musglas, ich locke sie hinein und setze sie an die Luft.

8

Hans ist immer noch nicht weg, nicht ausgetrieben.
Britta wird ihren Mann verlassen. Doch vorher will
sie Hans noch einmal sehen. Ihm sagen, dass sie gehen wird, dass nichts mehr heil ist.

Hans sitzt ihr gegenüber an seinem Küchentisch.
Eiskalten grünen Wein gießt er ihr ein. Er sieht Britta
an, und sie schaut in sein Gesicht. Ist es sein Gesicht?
Es zerfällt wie die Rasterpunkte auf dem Foto. Britta
sieht einen Fremden.

Der Hans, den sie kannte, hat noch die Kerzen angezündet und ihr auf den Busen geschielt, obwohl gar
nichts zu sehen ist durch den Winterwollpullover. Der
Hans, den sie kannte, hat zuvor am Telefon gesagt,

dass sie verabredet sind und dass seine Frau verreist
ist; der Hans, den sie kannte, schickt Bilder mit seiner
Stimme, und Britta sieht sich mit Hans, Lippen am
Hals, Kleider voneinander-reißen, Küsse, Worte und
Haut, Fäden aufnehmen, die verwirrt in der Luft hängen. Mit angeschwollenen Schamlippen verlässt sie
das Haus.

Der Hans, den sie kannte, ist verwirrt, als er ihr die
Tür öffnet. Er schlüpft bald durch den Türspalt, nachdem er die Kerzen angezündet und Britta etwas von
Advent gestammelt hat, statt zu sagen, dass es roman-
tisch ist, dieses Licht. Hans geht lautlos, stattdessen
sitzt ihr der Fremde gegenüber und hört nicht zu. Er
kramt alte Vorwürfe hervor, statt ihr unter den Rock
zu greifen, trinkt eiskalten Grünwein mit ihr, sodass
sie später nach Hause geht, kalt bis in die Knochen,
und nicht weiß, wo der Hans geblieben ist, den sie
kannte. Britta zieht sich schwarze Wolle bis auf die
Haut. Doch das Eis in ihren Knochen kann nicht
schmelzen, sie liegt lange wach und friert.

Britta sucht Hans, aber immer sitzt dort ein anderer. Auch am Telefon ist es nicht gewiss, dass es Hans
ist, mit dem sie spricht, selbst wenn sie seine Nummer
wählt und seinen Namen hört. Immer noch glaubt sie,
wenn sie nur die richtigen Worte fände, würde Hans

da sein. Der Hans, den sie einmal kannte, der sie geküsst hat, der ihre Hände genommen hat. Hans zwischen Kinderschreien und Mäuserasseln, der gesagt hat, schicke ihn ab, den Brief, dass ich ihn lesen kann. Der Hans, der ihren Nacken nicht geküsst hat, obwohl er es versprochen hatte. Der Hans, der nicht küssen kann. Der Hans, an den sie immer denken muss. Doch wenn sie ihm gegenübersitzt, zerfallen die richtigen Worte in falsche, und Hans geht, und der Fremde sitzt ihr gegenüber.

Es ist Nacht, Britta hört den Regen auf die Aluminium-Fensterbänke tropfen, hört den Wind, wie er um die Ecke ihres Hauses jault, und sitzt in ihrer schwarzen Strumpfhose, Wolle bis auf die Haut. Hans ist dicht bei ihr. Britta kann ihn riechen, er ist schon durch sie hindurchgegangen.

Britta sieht Hans, sieht immer wieder, wie er mit seinem roten Lastwagen um den großen Platz in Ottensen fährt. Er sitzt mitten im Fenster, rot eingerahmt und groß. Was für ein schöner Mann, lacht sie ahnungslos und freut sich, als hätte sie eine Sternschnuppe gesehen.

Auf dem Markt steht Hans dort, wo Britta immer das Gemüse kauft. Dort packen sie nie heimlich verfaulte Paprika mit in die rosafarbenen Tüten. Sie fragen vorher und nehmen dann den halben Preis. Britta tut so, als bemerke sie Hans nicht, und stellt sich hinten an. Zwei Menschen stehen zwischen den beiden. Hans sieht aus wie Hans. Britta weiß nicht, wie sie stehen soll. Britta schaut das Gemüse an. Wurzeln will sie kaufen und zwei Porreestangen.

Wurzeln und zwei Porreestangen, sagt Hans. Britta und Hans stehen nebeneinander.

Ich koche Hühnersuppe, sagt er. Ach Hans, denkt Britta und weiß nicht, was sie sagen soll.

Zwei Stangenpoki, sagt sie zum Gemüsehändler. Und er verkauft ihr an diesem Tag seine ganze angeschlagene Ware, zum halben Preis. Die Fensterbank in ihrer Küche vollgelegt mit aufgeplatzten Tomaten. Sie werden dort liegen, bis die Haut faltig wird und schwarze Flecken wachsen von der Blume her und unter der Haut.

Zu Hause sind alle krank, sagt Hans, und Britta sieht seinen langen Mantel. Sie sagt nichts und weiß nicht, wie sie stehen soll. Ach Hans, denkt Britta und zeigt ihm ihre Handflächen mit nichts darin.

9

Lass uns schöne Männer angucken, sagt Ragaja, und ich denke nicht an Hans. An diesem Abend wird ihr Kind abgeholt, von seinem Vater. Papapapapap, ruft es und läuft, ganz roter Anorak, dem Mann an die Beine. Es regnet, und die Cocktailbar ist leer wie eine Rauminstallation. Also gehen wir ins Kino. Der Film hat schon angefangen. Vor uns sitzen vier Männer mit hautigen Nacken. Neben mir auf dem hochgeklappten Sitz steht eine Tüte Popcorn, bis zum Rand gefüllt.

Hier steht eine Tüte Popcorn, sage ich. Keiner antwortet. Ich sage es noch einmal.

Hier steht eine Tüte Popcorn.

Ruhe, schnauzt einer der Männer mit hautigem Nacken. Es hört nicht auf zu regnen, und immer mehr Menschen mit nassgeregneten Jacken und tropfenden Schirmen füllen die Reihen hinter uns. Als die Vorstellung vorbei ist, küssen sich die vier Männer vor uns gegenseitig ihre Nacken. Sie stehen auf und verlassen das Kino noch während des Abspanns. Zwei Reihen vor uns verwandelt sich plötzlich ein Schatten. Hans. Er kommt näher, durchwandert die Reihe direkt vor mir, ich sehe sein Gesicht, ich könnte ihn mit Popcorn bewerfen. Ich sage nichts zu ihm, und er sagt nichts zu mir, er geht zum Ausgang.

Los hinterher, sagt Ragaja, die sofort begreift.
Kein Hans auf der Treppe, kein Hans vor dem Kino.
Ich laufe zurück, ich habe meinen Schal vergessen.
Zwischen umgeworfenen Flaschen und umgekippten
Popcorntüten rote Samtsitze.

In der Nacht kann ich nicht schlafen, ich schicke
E-Mails und eine an Hans.

Hans, warst du das im Kino, frage ich. Und Hans
antwortet mir! Mein Herz wird länglich und meine
Beine schwer. Hans war nicht im Kino. Hans war im
Wald. Mit der Frau, die nicht möchte, dass er mit mir
angeln geht. Hans hatte Angst im Wald, und es war
dunkel wie im Kino. Nie wieder gehe ich nachts in
den Wald, schreibt Hans. Und Hans schreibt von dieser Frau und dass er alles tut, was sie will. Und ich
weiß, Hans ist für mich verloren.

In der Nacht träume ich, Hans schickte mir eine
Einladung zu seiner Hochzeit. Es ist die Frau, die
nicht will, dass ich zuschaue, wenn Hans Fische fängt,
die Frau, die mit ihm durch den Wald geht, obwohl er
Angst hat vor Gespenstern und Hexen. Die so lange
gefegt hat, bis er alles tut, was sie will.

Doch ich kann nicht gehen, selbst im Traum, kann
nicht sehen, wie Hans dort steht mit der Frau vor dem
Tor. Kann nicht sehen, wie Reiskörner fallen auf Hans

und auf die Frau, kann nicht sehen den Kuss, der zwischen seinen und ihren Lippen mein Herz presst, dass es sich nicht mehr bewegen kann.

Ich schaue von ferne zu, hebe den Kopf über die Seerosenblätter, Wasser bis zum Hals, mein Herz von Flusskrebsscheren zusammengehalten.

10

Monate sind vergangen. Kein Hans. Nicht seine Stimme, nicht seine Jacke, nicht seine Augen, nicht seine Haut.

Britta sitzt im Palais und wartet auf Hans. Ragaja sitzt bei mir und hält meine Hand.

Wenn ich durch die Straße gehe, in der er wohnt, schaue ich sein rotes Auto an. Ich gehe dicht vorbei und berühre es. Ich lecke meine Finger und lasse ein wenig Spucke an seinem Türgriff zurück. Mein Speichel wird zu ihm sprechen und ihn an mich erinnern.

Ich sehe ihn auf dem Turm der Klopstockkirche stehen. Ich trage dasselbe Halstuch wie an jenem Abend im März, es ist zerfetzt und mürbe. Ich hole es nur für besondere Gelegenheiten hervor.

Ich schaue seine Fotos, sehe seine Augen, könnte ihn fressen mit allem. Es hört nicht auf. Nie hört das mehr auf.

Ein anderer Hans kam, er hatte auch ein rotes Auto, er war auch groß, er ging mit Britta an den Strand und kaufte Fischbrötchen für sie. Dieser Hans reparierte täglich ihren Computer, schrieb Programme für sie, Sterne tanzten auf Brittas Bildschirm, dieser Hans schrieb ihr Briefe jeden Tag und brachte ihren Telefonhörer zum Kochen. Doch er lief davon, als sie von Vogel Roch sprach, wollte die Abgründe nicht einmal von Weitem betrachten. Dabei konnte er an der Steilküste der Ostsee Abhänge ohne Wanderschuhe hinabsteigen. Er trug Schuhe mit vielen kleinen Löchern, und seine Füße waren groß, und sie schlugen Wurzeln bei jedem Schritt. Sodass er weite Wanderungen verabscheute, denn sie schmerzten zu leicht, seine Füße, bei all dem Wurzelwerk, das er mit sich trug. Ein schöner Arzt knetete seine großen Füße und hätte sie fast geküsst, denn seine Füße waren schön wie seine Ohren. Aber dieser Hans wollte keine Küsse von einem Mann, und der Arzt schenkte ihm dann Stiche in den großen Zeh. Und da ging der Schmerz. Dieser Hans war wespenlos.

Ich gehe durch die Straßen, ich sitze an meinem
Schreibtisch, ich versuche zu arbeiten, und ich denke
Hans.

11

Und dann gehe ich, es ist eiskalt wie an jenem Abend
im März, durch die Straße, in der Hans wohnt, und
schaue hinauf zu seinen hell erleuchteten Fenstern.
Die Tarotkarte, auf der ein Kirchenfenster zu sehen ist
und keine Tür, zwei Bettler gehen daran vorüber,
durch den tiefen Schnee.

Ich stehe auf der Straße, und ich gehe immer wieder an seiner Haustür vorbei. Ich stehe an der Straße
und warte. Was, wenn Hans aus der Tür tritt? Werde
ich mich ducken hinter eines der Autos und zwischen
den Fensterscheiben hindurchschauen? Werde ich an
ihm vorübergehen, so, als sei es ganz normal, dass ich
hier auf seiner Straße stehe und auf und ab gehe und
warte?

Ich schreibe einen Brief. Einen allerletzten Brief. Wie
viele Briefe schrieb ich an Hans.

Ich liebe dich, schreibe ich. Immer noch, schreibe
ich. Es hört nicht auf, schreibe ich. Wenn es aufhört,

werde ich versinken, Schlammwellen werden über mir zusammenschlagen.

Hans soll den Brief lesen, soll wissen: Immer noch. Ich will Hans den Brief geben. Ich könnte ihn schicken, aber ich vertraue der Post nicht, mag nicht die Ungewissheit, ob der Brief nicht ankommt oder Hans mir nicht antwortet. Der Brief von Hand zu Hand, Hans in die Augen schauen. In seinen Augen mich erblicken und seine Bestürzung, seine Langeweile, sein Entsetzen, seine Lust. Ich habe dir einen Brief geschrieben, werde ich sagen.

Meine Beine sind Gummibänder, sie ziehen an meinen Eingeweiden. Es hört nicht auf, Hans.

Ich gehe in die Straße, in der er arbeitet. Ich drücke mich in den Schatten der dunklen Hauswände. Der Brief knistert in meiner Jackentasche.

Hans arbeitet. Ich sehe seinen Bildschirm, sehe das rote Licht seiner brennenden Pfeife. Ein zweites Zimmer ist erleuchtet, und ich sehe eine zweite Gestalt. Ich gehe nicht zur Tür, ich klingele nicht und gehe nicht hinauf zu ihm.

Ich stehe auf der Straße, im Schatten, und warte und schaue hinauf zu den Fenstern. Zwei junge Frauen, Musikerinnen, sprechen von ihrer Musik. Ich weiß, meine Musik ist gut, sagt die eine, und beide gehen an mir vorüber. Ich stehe im Schatten und warte. Ein Auto hält, und ein alter Mann mit Hut steigt aus. Zwei große Koffer trägt er in einen der Hauseingänge.

Ich stehe und schaue zu dem Licht in dem Fenster, zu Hans. Ich gehe die Straße entlang, überquere sie und gehe zurück. Ein Pfennig liegt vor mir auf dem Pflaster, ich hebe ihn auf. Es ist nicht die Münze, die Hans mir gab. Das Schiff darauf ist immer noch nach Madagaskar unterwegs. Ich lasse mein Blut auf die Münze tropfen und lege sie Hans vor die Tür.

Dann kommt ein Montag. Montage, denkt man, sind voller Anfänge, aber in Wahrheit sind Montage Tage des Mondes, der Seltsamkeiten und Verhinderungen. An diesem Montagmorgen gehe ich wieder in der Straße, in der Hans arbeitet, auf und ab. Kein Häuserschatten verbirgt mich. Die Kollegen von Hans, die das Haus verlassen oder betreten, sehen mich seltsam an. Ich gehe zur Tür und klingele.

Hallo, sagt eine Stimme durch die eingelassenen Löcher der Sprechanlage.

Ich möchte zu Hans, sage ich.

Moment, sagt die Stimme.

Ja, sagt eine zweite Stimme, und sie hört sich an wie Hans.

Ich möchte zu Hans, sage ich. Hans schweigt.

Ist Hans da, frage ich.

Nein, sagt Hans.

Wann kommt er wieder?

Er ist für eine halbe Stunde weggegangen, sagt die erste Stimme.

Ich gehe wieder die Straße auf und ab. Ich setze mich auf die Stufen eines der Hauseingänge, Sonne blendet. Ich warte und schaue zu seinem Fenster. Hans steht dort hinter der Glasscheibe und schaut zu mir.

Immer wird er irgendwo stehen und zu mir herüberschauen.

Immer noch träume ich Hans. Komm lass uns tanzen, sagt Hans. Wir stehen in der Tür des angenehm muffig riechenden Gartenhauses. Sein Sohn spielt mit fleckig schimmernden Eidechsen. Auf der roten Bank vor dem Haus liegen zerklumpte Sitzpolster, auf die sich keiner setzen mag. Ohne auf mich zu warten, tobt er los, schräg auf die linke Seite des Gartens, achtet nicht auf den Schnittlauch, der die Wegkanten besänftigt, tritt auf ein frisch eingesätes und mit Paketband begrenztes Erdstück, knickt Lilienbüsche – und ist mir weit voraus.

Im vorderen Teil meines Gartens zwischen niedrigen Büschen brennt ein offenes Feuer. Männer sitzen dort und grillen eine vom letzten Sonntag übrig gebliebene Lachsseite. Sie verstehen keinen Spaß und springen auf, als Hans auf sie zu rast. Einer greift ein großes Holzbrett und schlägt auf Hans ein. Ich sehe seinen gebeugten Rücken als dunkle Silhouette zwischen blühenden Büschen umherhumpeln. Im rechten Teil des Gartens kampiert ein Wanderzirkus. Hans sitzt neben mir. Der Artist verbeugt sich tief, macht eine elegante Rolle und küsst der Artistin das Bein. Er tritt ab mit einem weißen Lampenballon auf dem Kopf.

Vor dem Garten wächst scharfkantiges Schilf durch die grauen Bretter des Anlegers. Der Mann mit dem Holzbrett bietet an, das Schilf zu kürzen, aber ich sage, es genüge, wenn er den Anlieger frei schneidet. Während er zum Schuppen läuft, um die Schere zu holen, stehe ich am Fluss und weiß, Hans wird nicht wieder kommen. Das Schilf wächst nach.

Ich gehe noch einmal zu Ragaja.

Was macht dein Hans, fragt sie.

Er gehört mir nicht, sagte ich. Er kauft das Hack immer noch für acht Mark zwanzig.

Das rosafarbene Paket trägt er in das Treppenhaus und durch die Seerosenfelder. Im Winter stellt er sich an das oberste Treppenhausfenster, schaut auf die Elbe, formt Bällchen aus Hack und legt sie mir in den Mund. Dann lässt er mich stehen und geht allein die letzten Stufen zu seiner Wohnung hinauf. Dort saugt er immer noch den gelben Wohnzimmerteppich. Den Geschmack der Hackbällchen werde ich nie vergessen. Alles erinnert mich an Hans.

Ragaja, was soll ich tun?, frage ich.

Was soll ich tun?, fragt Britta.

Wenn sich das Herz eines Mannes nicht bewegt, sagt Ragaja, hast du keine Chance.

Britta glaubt ihr nicht, Britta sitzt im Palais und wartet auf Hans.

Es liegt eine seltsame Stimmung in der Luft, als ich über den Altonaer Balkon gehe. Die Luft ist drückend und saugt alle Geräusche, und doch weht Wind. Schweigend sitzen Menschen auf den Parkbänken. Sie schauen auf die Elbe. Ein großes weißes Schiff legt ab. Ein Liebespaar liegt unter einer Decke auf der Wiese vor dem Hochhaus. Der Himmel hellblau und rosa. Was kündigt sich an?

Ich sehe sein rotes Auto, eine gewölbte Wolldecke auf der Ladefläche. Die Sonne scheint grell. Ich will es anfassen und gierig küssen. Es ist helllichter Tag. Ich warte, bis es dunkel wird. Abends gehe ich zu seinem Auto. Ich will die Reifen lecken. Mein Mund wird trocken. Ich weiß nicht, wie ich es anstellen soll. Die Reifen mit meiner Zunge ertasten. Den Geschmack nach Gummi und Asphalt. Die Zunge klebt am Gaumen, und das Herz schlägt breit und sandig. Bei Hans kein Licht. Kein rotes Auto dort, wo es in der Sonne noch stand.

Ich wähle seine Nummer, will seine Stimme hören auf dem Band. Glatt klingen seine Worte, fremd und geschäftlich. Kein Schnupfen, kein Räuspern. Immer wieder wähle ich seine Nummer, immer wieder höre ich Hans.

Am nächsten Morgen um fünf, Hans würde angeln gehen, klingelt es wütend an Brittas Tür. Doch als sie öffnet, ist keiner da.

Das haben wir in Ihrer Leber gefunden. Der Arzt hält eine gebogene Metallschüssel mit einem Angelhaken darin.

Mein Herzschlag setzt immer wieder aus.

Cor nervosum, das ist harmlos, sagt die chinesische Ärztin aus der Gelben Kaiserstraße. Die Wände ihrer Praxis sind rot und gold, und sie trägt teure Schuhe.

Eine Herzentzündung dagegen kann gefährlich werden, sagt sie.

Ich weiß, die Klappen.

Das ist nur eine Variante.

Ich bin besessen, sage ich. Da ist ein Geist. Er fickt mich. Sogar wenn mein Mann dabei ist. Der Geist heißt Hans. Ich denke immer nur Hans. Hans denke ich und Hans und Hans.

Eine Hun-Seele hat von dir Besitz ergriffen, sagt sie. Sie blättert in einem Buch mit chinesischen Schriftzeichen.

Fu Ling, Dang Gui. Dann schreibt sie lateinische Pflanzennamen auf einen Zettel. Poriae cocos, Angelika sinensis. Rote Datteln sind dabei und Ingwer und Angelikawurzel.

Das Elixier hilft gegen Geister, Liebeskummer und Besessenheit, sagt sie und gibt mir das Rezept. Als ich mit der Papiertüte aus der Apotheke komme, fährt Hans mit seinem Rennrad vorbei.

Her damit, ruft er und will die Tüte greifen. Aber ich springe schnell zur Seite. Hans verliert kurz das Gleichgewicht, fängt sich wieder und saust davon.

Hans wirft seine Angel aus.

Sieh her, Britta.

Hans läuft in meiner Nähe, seinen kleinen Sohn an der Hand. Er geht um, auf dem Stadtteilfest. Ich spreche ihn nicht an. Sein Bild ist in der Zeitung. Es berührt mich nicht.

Britta schneidet sein Foto aus. Immer wieder. Sie legt die Bilder in eine Reihe, legt ein Quadrat, dreht die Köpfe um, malt Vierecke in Blau und Türkis, setzt Hans hinein. Wer im Schwimmbad bis auf den Grund taucht, kann Britta schen. Ihr sind schon Flossen gewachsen.

Ich sehe die Blumenkästen auf seinem Balkon, sehe, sie sind mit roten Sommerblumen bepflanzt. Britta sitzt allein im Palais und wartet noch immer auf Hans.

Abschied nehmen, dorthin reisen, wo der Pfeffer wächst. Und noch einmal schauen, wie er seine Angel auswirft. Die Mole sonnenbeschienen und der Leuchtturm grau-schwarz, grau-schwarz. Das Schwarz ist wie das T-Shirt von Hans. Ich hätte es gerne, nähme es mit ins Bett und drückte meine Nase hinein, atmete Hans, er wäre in meinen Träumen und sein Duft an meiner Haut. Manchmal träume ich von Hans. Oft träume ich von Hans. Ich träume, er berührte meine Haut, berührte mich an meinem Arm und berührte die kleinen Fächer und sagte, er wolle sie alle kennenlernen, alle Fächer meiner Haut. Und er sagte mir, wie schön sie ist, meine Haut. Wenn die Sonne darauf scheint, kann man das Muster sehen. Licht setzt Farben in Salinofächer.

Auf der Mole keine Angler, nur Spaziergänger und Wind. Sonntags sind Angler auf der Mole, hat Hans gesagt. Vielleicht mögen sie keinen Wind. Der Leuchtturm schwarz gekachelt und mit ehemals durchsichtigen Glasbausteinen. Grüne und rote Fahrwassertonnen, der Wind zerrt an der Doppelfahne des Fischerfähnchens. Steine grünweiß bewachsen. Auf der Mole keine Angler, kein Hans, Wind und ein einsames Liebespaar. Böen wandern als dunkle Schatten über das Wasser. Der Himmel silbermatt, mit blauen Reißstreifen. Kein Hans.

Und dann, an einem Abend kurz vor acht, es ist noch
hell, geht Britta durch den Elbpark und denkt nicht an
Hans. Hans kommt ihr entgegen. Dünn ist er geworden und beinahe durchsichtig.

Hallo Britta, sagt er, hab Dank für deinen Brief.
Und Britta weiß nicht, welcher Brief. Wie viele Briefe
schrieb sie an Hans. Und da sagt Hans,

welchen Brief wohl! Und da weiß Britta, welchen
Brief, und fühlt ihr Gesicht zerfließen vor Scham. Ich
liebe dich, schrieb sie, immer noch, schrieb sie, es
hört nicht auf. Und Hans sagt, er will den Brief be-
antworten und fragt, wo Britta wohnt, denn sie schrieb
keinen Absender drauf. Und Hans ist wie Luft und so
schnell vorbei, und Britta glaubt, die Antwort ist auch
wie Luft.

Der Inhalt der Papiertüte sieht seltsam aus, dunkel-
rote faltige Früchte, fremde Wurzeln, getrocknete
Beeren. Etwas, was sich kalkig anfühlt wie Schulkrei-
de und aussieht wie weiße Zungen, dazu dünne weiß-
liche Röllchen, die leicht zerbrechen, wenn man sie zu
fest greift. Es riecht seltsam und ein wenig nach Teer.
Doch eine Woche später kommt Hans. Er schaut in
Brittas Augen, und er nimmt ihre Hände. Seine Hände
sind rau und furchtsam. Ich möchte deinen Nacken
küssen, sagt Hans. Und da sind keine Italiener mit

großen Ohren, und Britta hat kein Halstuch um. Sie ist allein. Mit Hans. Er ist schon durch sie hindurchgegangen.

Und dann am Morgen, inmitten des Sommers. Eine Wespe liegt tot in meinem Zimmer auf dem Boden.

Noch am Abend saß ich am Elbstrand, der Mann, der immer Steine hebt auf all seinen Reisen, hat mir diesmal japanische Asseln mitgebracht. Mit einer Verbeugung und mit beiden Händen reichte er mir das Päckchen, hellgrün, japanische Schriftzeichen darauf. Ich kochte die Asseln zusammen mit der letzten Portion des chinesischen Elixiers.

Die Wespe liegt auf dem Rücken. Holzmaserung macht einen Fluss und trägt sie mit sich fort.

In der Zeitung lese ich, dass ein Mann ein Wespennest mit seiner Lötlampe vernichten wollte, aber die Wespen stachen den Mann, sodass er in Panik sein eigenes Haus in Brand steckte.

Ein Flügel der Wespe ist zerknittert, die Beine unregelmäßig abgespreizt und im Tanz erstarrt.

Gelber Flaum umleuchtet das Tier.

Wespen III

Bevor die Wespen im Herbst sterben, feiern sie ein Fest. Sie fliegen unter den großen Birnbaum und fressen die gegorenen Früchte. So lange, bis sie berauscht durch die Luft taumeln.

*